उपनिषद् दर्शन

पूज्य गुरुमैया डॉ. हरेश्वरीदेवीजी
(प्रबुद्ध रहस्यदृष्टा एवं ध्यान मार्गदर्शक)

:: प्रकाशक ::

KAVYA
PUBLICATIONS

Publisher:

SDR INNOWAYS INDIA PVT. LTD.
667, Rajaward, Kulpahar, Mahoba - 210426

Imprint:
KAVYA PUBLICATIONS
Abhinav R.H.4, Awadhpuri, Bhopal - 462002

Centre
Kavya Publications
107c, hanuman khand. street no 8, Gulab Vatika Near Jawahar Nagar,Delhi NCR
Mob. : 7905266820, 9918801353
Website: www.kavyapublications.com
E-Mail: editor@kavyapublications.com
ISBN : 978-93-6431-859-4

Year : 2025

This book is printed at MTL and published by author Ajay Agrawal, CEO of SDR Innoways India Pvt. Ltd. Kulpahar Mahoba with its imprint and centre, Kavya Publications Delhi.

Peace | Piousness | Patience | Positivity | Prosperity
॥ ॐ सर्वात्मने नमः ॥
Meditation आश्रम
स्थापक
पूज्य गुरूमैया हरेश्वरीदेवीजी

आत्माभिव्यक्ति........

उपनिषद् के बारे में कुछ भी कहने या लिखने के लिए आध्यात्मिक अनुभूतियाँ अनिवार्य हैं। वह समग्र सृष्टि का विज्ञान है। उसे केवल भाषा के स्तर पर समझना कठिन नहीं परंतु असंभव जैसा है क्योंकि उपनिषद् काल और आज के मनुष्य के बीच में बहुत लंबा फासला है। ये फासला केवल भाषा का नहीं परंतु आध्यत्मिक समझ का है, जीवन शैली का है, सोच का है, संस्कृति का है, परंपरा का है।

वेद के सर्वोत्तम भाग का नाम वेदांत है। वह वेदांत ही ब्रह्मविद्या है। ब्रह्मविद्या से ही परम सत्य के अनुभव होते हैं। ऋषियों के अनुसार वेद के तीन काण्ड कहलाते हैं; कर्मकाण्ड, उपासनाकाण्ड और ज्ञानकाण्ड। ज्ञानकाण्ड में विश्व के मूल तत्त्व का विचार किया गया है। कर्म और उपासना उसी तत्व को उपलब्ध हो जाने की पात्रता प्रदान करते हैं। निःशंक वेद का ज्ञानकाण्ड ही उपनिषद् है और ब्रह्मविद्या का आदिश्रोत भी।

उपनिषदों का अभ्यास करने के बाद मुझे लगा कि उस चिंतन को अगर सरल हिन्दी कविता में उतारा जाए तो काफी जिज्ञासु लाभान्वित होंगे। इस भाव को सार्थक करने के लिए मैंने चौपाई, दोहा और छंदों के स्वरूप में उपनिषद् ज्ञान को प्रतिबिम्बित करने का प्रयास किया है।

मेरा स्पष्ट मत है कि ज्ञान के क्षेत्र में भाषा भले बदले परंतु भाव

नहीं बदलना चाहिए। चिंतन और उद्देश्य अखंड रहना चाहिए।

जिज्ञासु की उलझनें दूर करने के लिए कहीं कहीं मैंने उपनिषद् की बातों का स्पष्टीकरण किया है तो कहीं कहीं अनावश्यक विस्तार से पाठक को बचाने के लिए कुछ बातों का केन्द्रवर्ती सार लेकर संक्षेपीकरण भी किया है।

विद्वानों के मत से प्रायः ११२ (एक सौ बारह) उपनिषद् प्रसिद्ध हैं। उनमें से आरंभ के दस उपनिषद् विशेष रूप से प्रसिद्ध हैं। मैं यहाँ आठ उपनिषदों को हिन्दी काव्यरूप देकर हिन्दी अनुवाद के साथ ब्रह्मजिज्ञासुओं के कर कमलों में रख रही हूँ।

सिर्फ एक महीने में आठ उपनिषदों का अनुवाद सहित हिन्दी काव्य रूप दे पाई यह एक आध्यात्मिक चमत्कार है और मेरे ऊपर बरसा हुआ अस्तित्व का अनुग्रह।

अगर साक्षर, शिक्षित, सुज्ञ और खोजी साधकों को इस ग्रंथ के द्वारा थोड़ी भी मदद मिल पाएगी तो मेरा पुरुषार्थ सार्थक हो जाएगा।

इस ग्रंथ में यदि कहीं भी मेरी क्षतियाँ रह गई हों तो वेदज्ञों की क्षमाप्रार्थी हूँ।

मनुष्य जाति के आत्यंतिक कल्याण हेतु इस ग्रंथ को शिवार्पण करते हुए.....

ब्रह्मवेत्ता चरणरज

– गुरुमैया डॉ. हरेश्वरीदेवी

अनुक्रमणिका

ईशावास्योपनिषद्

ईशावास्य उपनिषद् प्रथम उपनिषद् मानी गई है। यह शुक्लयजुः संहिता का चालीसवां अध्याय है। उसे वाजसेनीयी संहिता भी कहते हैं। इस उपनिषद् का प्रथम मंत्र -ईशावास्यम्- इत्यादि होने से उपनिषद् का नाम भी ईशावास्य ही हो गया है।

शांति मंत्र

ॐ पूर्णमदः पूर्णमिदम् पूर्णात् पूर्णमुदच्यते।

पूर्णस्य पूर्णमादाय पूर्णमेवावशिष्यते।।

ॐ शान्तिः शान्तिः शान्तिः।।

प्यारे साधको!

सबसे पहले अर्थ को समझिए। फिर संकल्प करके ध्यान की सीमा तक पहुंचिए।

ॐ अर्थात वह परब्रह्म जो पूर्ण है और यह अर्थात जो आप कर रहे हैं (कार्य ब्रह्म)। वह भी पूर्ण है। क्योंकि पूर्ण से ही पूर्ण की उत्पत्ति हुई है। तथा (प्रलयकाल में) पूर्ण (कार्यब्रह्म) पूर्णत्व लेकर (अपने में लीन करके) पूर्ण (परब्रह्म) ही शेष रहता है। त्रिविध ताप की शांति हो।

शांति मंत्र

दोहा

मानो परब्रह्म पूर्ण है, कर्म ब्रह्म भी पूर्ण।

पूर्ण से पूर्ण उत्पन्न भया, प्रलय बाद भी पूर्ण।।

चौपाई

ईश्वर आच्छादित संसारा, भगवत् रूप समझ जग सारा।।१।।

इस संसार में जड़-चेतन जो कुछ भी है, वह ईश्वर से आच्छादित है। इसलिए पूरे विश्व को ईश्वरमय समझ।

त्याग भाव से करो उपभोगा, पर धन वर्जित नहीं उपयोगा।।२।।

जो कुछ भी तेरे पास है उसका त्याग भाव से उपभोग भले कर परंतु अन्य के धन को पाने की या उसका उपयोग करने की इच्छा मत कर।

करहुं भाव शतायु जीवन का, प्रवृत्त कर्म में मोह न फल का।।३।।

सौ वर्ष तक जीने का भाव करते हुए तेरे कर्म में प्रवृत्त रहे, परंतु फल का मोह मत रख।

असुर लोक को समझहुं साधक, केवल इन्द्रियमय मन बाधक।।४।।

हे साधक ! तू असुर लोक को समझ (जो अज्ञान रूपी बादलों से आत्मदर्शन को ढांक देता है), जिसके पास आत्मदर्शन नहीं है ऐसे व्यक्ति के लिए इन्द्रियाँ और मन आत्म कल्याण में बाधा रूप हैं।

प्यारे साधको! असुर का एक अर्थ है- केवल इन्द्रियों में ही रमने वाला। यहाँ कहने का तात्पर्य यह है कि जो मनुष्य केवल मन और इन्द्रियों के अनुसार ही चलता है वह असुर लोक में जी रहा है।

विषयासक्ति तत्व को ढांके, आत्मघाती नहीं अंतर झांके।।५।।

संसार के विषयों के प्रति आसक्ति आत्म तत्व को ढांक देती है। ऐसा विषयासक्त मनुष्य अंतर में कभी नहीं झांकता तथा वह आत्मा का हनन करने वाला है।

आत्मस्वरूप वर्णन

छंद – **ते आत्मतत्व सदा अविचल एक तीव्रगतिशील है।**
इन्द्रियगम्य नहीं ते पुरातन स्थिर बरु अतिक्रमत है।
तेहि उपस्थिति से वायु गतिशील प्राणी में महाप्राण है।
ते चलित स्थिर दूर समीप हरेश्वरी भीतर बाहर समान है।।१।।

वह आत्मतत्व सदा अविचल, अति वेगवान, इन्द्रियों से पकड़ में नहीं आने वाला, पुरातन, स्थिर तथापि सबका अतिक्रमण करने वाला है। उसकी उपस्थिति से वायु गतिशील है। वह प्राणियों में जीवन है। वह चलित, स्थिर, दूर, समीप, भीतर और बाहर भी ऐसे परस्पर विरोधी गुणों को धारण करने वाला है। ऐसा माँ हरेश्वरी कह रही है।

आत्म दर्शन

दो. **सर्वात्म्य दर्शन करहीं, ब्रह्म ज्ञानी नित जान।**
सर्वभूत में आत्म को, आत्मा में सब मान।।१।।

ब्रह्मज्ञानी पुरुष हमेशा आत्मा का सर्वात्म्य भाव से

दर्शन करता है अर्थात सर्व प्राणियों में आत्मा को और आत्मा में सर्व को समाया हुआ मानता है।

चौ.- ज्ञानी सर्व आत्मरूप देखहीं, शोक मोह से ते उद्धरहीं।।६।।

इस प्रकार ज्ञानी पुरुष सबकुछ आत्मरूप ही देखकर शोक और मोह से मुक्त हो जाता है।

आत्मनिरूपण

छंद **ते सर्वगत शुद्ध अशरीरी अक्षत सदा अदेही है।**
निर्मल अपाप सर्वदृष्टा सर्वज्ञ असंदेही है।
स्वयंभू नित्य सिद्ध प्रजापति के नाथ ते परमार्थ है।
पदार्थ रु कर्त्तव्य के विभागकारी समर्थ है।।२।।

वह आत्मा सर्वगत, शुद्ध, अशरीरी, अक्षत, अदेही, निर्मल, निश्पाप, सर्वदृष्टा, सर्वज्ञ और संदेह रहित है। वह स्वयं उत्पन्न होने वाला, नित्य, सिद्ध, प्रजापतिनाथ और परमार्थ रूप तथा पदार्थ और कर्तव्य के विभागकारी एवं समर्थ है।

उपनिषद् के अनुसार आदिकाल में सृष्टि की उत्पत्ति के बाद ईश्वर ने विकास और व्यवस्था के लिए विविध प्रजापतियों को उत्पन्न किया और उनके कार्यों का विभाग किया। जिससे कर्म और कर्म का फल इत्यादि का विस्तार

हुआ। इसलिए परमात्मा को कर्तव्य के विभागकारी अथवा यथायोग्य रीति से अर्थों के विभागकारी कहते हैं।

कर्म और उपासना

चौ.- केवल कर्म उपासक जोइ, ते अविद्यारूप तम में जाई।।७।।

जो मनुष्य केवल कर्म की ही उपासना करता है वह अविद्या रूप अंधकार में जाता है।

विद्या उपासक रत जे भाई, जाई परम अंधकार में सोई।।८।।

जो विद्या का उपासक है वह परम अंधकार (शून्य) को प्राप्त करता है।

प्यारे साधको, यहाँ विद्या और अविद्या का अर्थ है- ज्ञान और अज्ञान अथवा सत और असत् अथवा अध्यात्म ज्ञान और अध्यात्म शून्यता। अंधकार का अर्थ लेना है - संसार में भटकना तथा परम अंधकार का अर्थ लेना है- जहाँ कुछ नहीं है ऐसे परम स्थान में विलीन हो जाना। विज्ञान भैरव तंत्र के अनुसार परम अंधकार को भैरव स्वरूप अर्थात शिव स्वरूप कहा गया है। इससे समझना यह है कि विद्या के उपासक अंत में शिव स्वरूप हो जाते हैं और अज्ञान वश कर्मकाण्ड आदि सतकर्म करने वाले भी संसार में भटकते रहते हैं।

कह प्रबुद्ध विद्या अविद्या से, हित अहित फल पावहीं जासे।।९।।

आत्मज्ञानी लोग कहते हैं कि विद्या से कल्याणकारी और अविद्या से अकल्याण करने वाले परिणामों की प्राप्ति होती है।

शुद्ध चित्त से जाने दोउ, मृत्यु पार अमर होई सोउ।।१०।।

शुद्ध चित्त के साथ जो दोनों (विद्या और अविद्या) को जान लेता है वह मृत्यु के पार जाकर अमर हो जाता है।

दो.- **हे आदित्य! उघाड़ दे, ब्रह्मानन जो है बंध।**

तासे मैं उपलब्ध होउं, सत्य धर्म के संग।।

हे सूर्य, ब्रह्म के ढंके हुए स्वरूप को तू प्रगट कर दे। जिससे मैं सत्य और धर्म के साथ उस आत्मा को उपलब्ध हो पाऊं।

छंद- **हे जगतपोषक सूर्य जग के नियामक यम प्रार्थहूं।**

तव ज्योति को वापस ग्रहो तो निज रूप को देखहूं।

कल्याणमय अतिशय अपर वह परम पुरुष मैं स्वयं हूँ।

रविमण्डलस्थ हरेश्वरी मैं सदा से परब्रह्म हूं।।३।।

हे जगत के पोषक सूर्य! जगत के नियामक! हे यम! मैं आपको प्रार्थना करता हूँ कि आपकी किरणों को आप स्वयं में समेट लो तो मैं मेरे स्वरूप को देख पाऊं। परम कल्याणमय, अतिशय और अपर पुरुष मैं स्वयं ही हूँ। माँ हरेश्वरी कहती है कि रवि मंडल में स्थिर परम प्रकाश और परब्रह्म मैं ही हूँ।

प्यारे साधको! यहाँ मेरी समझ यह है कि सूर्य प्रकाश में सांसारिक चीजें इतनी दृश्यमान होती हैं कि कभी कभी ध्यानी उन भौतिक चीजों के स्वरूप के आकर्षण में आत्मविस्मृति हो जाती है। यह विस्मृति साधक के लिए घातक है। इसलिए उपनिषद् का ऋषि प्रार्थना करता है कि हे सूर्य ! तू तेरी किरणों को समेट ले जिससे भौतिक आकर्षण मुझे कम बाधारूप हों तथा इस संसार की चकाचौंध में मैं खो न जाऊं और मैं परम अंधकार रूपी गहन ध्यान में प्रवेश करके स्वयं सूर्य स्वरूप निजात्मा को जान लूं।

मरणोन्मुख उपासक की प्रार्थना

दो.- **सर्वात्मक सर्व सूत्र रूप, वायु प्राप्त हो प्राण।**
देह भस्म हो मन स्मर, बार बार निजत्राण।।२।।

मेरे प्राण सर्वात्मक वायु जो जीव प्राणी मात्र के जीवन का सूत्र रूप है उसे प्राप्त हो। मेरा यह शरीर भस्मीभूत हो जाए। हे मेरे संकल्पात्क मन! तू तेरे उद्धार के लिए बार बार स्मरण कर।

छंद- **सन्मार्ग से ले चल मुझे हे अग्नि कर्म फल भोगने।।**
हे देव अंतर्यामी ज्ञाता कर्म जोग विजोग के।।

पाखंडपूर्ण पाप को कर नष्ट जो है अति घने।।

बहु नमस्कार हरेश्वरी के नाथ अनल महामने।।४।।

माँ हरेश्वरी कहती है कि हे अग्नि देव! मेरा आपको नमस्कार है। हे अग्निदेव! तू अंतरयामी, शुभ-अशुभ कर्म को जानने वाला और योग-वियोग का कारणभूत है। आप मेरे बहुत सारे पाखंड पूर्ण पापकर्मों को नष्ट करके, हे नाथ! हे महामने! अंतकाल के बाद आप मुझे सन्मार्ग से मेरे कर्म फलों को भोगने के लिए ले चलो।

शांति मंत्र

ॐ पूर्णमदः पूर्णमिदम् पूर्णात् पूर्णमुदच्यते।

पूर्णस्य पूर्णमादाय पूर्णमेवावशिष्यते।।

ॐ शान्तिः शान्तिः शान्तिः।।

केनोपनिषद्

केनोपनिषद् सामवेदी तलवकार ब्राह्मण के अंतरगत है। केन का अर्थ होता है - किसके द्वारा? -ॐ केनेषितम- इस उपनिषद् का प्रथम मंत्र है। इस प्रारंभ के शब्द पर से ही उपनिषद् का नामकरण हुआ है।

शांति मंत्र

ॐ आप्यायन्तु ममाङ्गानि वाक्प्राणश्चक्षुः श्रोत्रमथो बलमिन्द्रियाणि च सर्वाणि। सर्वम् ब्रह्मौपनिषदम् माऽहं ब्रह्म निराकुर्यां मा मा ब्रह्म निराकरोदनिराकरणमस्त्वनिराकरणम् मेऽस्तु। तदात्मनि निरते य उपनिषत्यु धर्मास्ते।

ॐ शांतिः शान्तिः शान्तिः।।

अर्थ :- मेरे अंग पुष्ट हों तथा मेरा वाक्, प्राण, चक्षु, श्रोत्र, बल और संपूर्ण इन्द्रियाँ पुष्ट हों। यह सब उपनिषद्वेद्य ब्रह्म है। मैं ब्रह्म का निराकरण न करूं। ब्रह्म मेरा निराकरण न करे इस प्रकार हमारा परस्पर अनिराकरण हो। उपनिषदों में जो धर्म हैं वे आत्मा में लगे मुझ में हों, वे मुझमें हों। त्रिविध ताप की शांति हो।

शांति मंत्र

छंद

अंग सह मुझ वाक् प्राण चक्षु श्रोत्र सर्वपुष्ट हो।
सब उपनिषद अनुसार ब्रह्म ब्रह्मभाव संपुष्ट हो।
परित्याग ना हो ब्रह्म का ब्रह्म मुझे परित्यागे नहीं।
उपनिषद् धर्म अनुसरु हो प्रगट मैं बिसरू नहीं।।

प्रथम खंड

चौपाई

केही प्रेरित मन विषय में रमहीं, केही प्रयुक्त प्राण पंच चलहीं।।१।।

किसकी प्रेरणा से मन उसके विषयों में रमता है? किसकी प्रेरणा से पांच प्राण कार्यरत हैं?

केही इच्छा से वाणी बोलहीं, नयन कर्ण को कौन नित प्रेरहीं।।२।।

किसकी इच्छा से वाणी बोलती है? तथा आँख, कान आदि को हमेशा अपने कार्य में कौन प्रेरित करता?

आत्मा का सर्वनियंतृत्व

श्रोत्र का श्रोत्र मन का जो मन है, वाणी की वाणी चक्षु का बल है।।३।।

प्राण के प्राण धीर अस जानहीं, जीवन मुक्त बनी सत को मानहीं।।४।।

जो आत्मा कर्ण के भी कर्ण, मन का भी मन, वाणी की भी वाणी, चक्षु के भी चक्षु और प्राण के भी प्राण है ऐसा जानकर धीर पुरुष सत्य की अनुभूति करके जीवन मुक्त बन जाता है।

देखी सकत न नयन मन वाणी, सकइ न पहुंचे निर्बल प्राणी।।५।।

जहाँ ज्ञानी पुरुषों के भी नेत्र, मन और वाणी नहीं पहुंच सकते तो निर्बल मनुष्य उसे कैसे समझ सकता है!

तासे सद्गुरु बहु करे बोधा, फिर भी कहे 'नहीं पूर्ण रूप शोधा'।।६।।

सत्य को जानने वाले महापुरुष उसका बोध करने पर भी कहते हैं कि हम पूर्ण रूप से उस आत्म तत्व को नहीं समझ पाए हैं।

विदित अविदित से पर ते ब्रह्मा, पूर्ण प्रबुद्ध बरने परब्रह्मा।।७।।

पूर्ण रूप से पहुंचे हुए ज्ञानी ब्रह्मवेत्ता जिस ब्रह्म का वर्णन करते हैं वह ब्रह्म विदित और अविदित से पर है।

वाणी से परवाणी प्रकाशित, देश काल से पर जग शासित।।८।।

वह आत्मा वाणी से पर होने पर भी वाणी को प्रकाशित करने वाला है। वह देश-काल से परे तथा जगत पर शासन करने वाला है।

लोक उपासित ते नहीं ब्रह्म, अति सूक्ष्म जानो परब्रह्म।।९।।

लोक जिसकी (मूर्ति आदि की) उपासना करते हैं, वह ब्रह्म नहीं है। परब्रह्म का स्वरूप तो अतिसूक्ष्म है।

संभव मन से मनन नहीं भाई, मन संग मति रची है जाई।।१०।।

उस आत्मा का मनन मन से संभव नहीं है परंतु उसके द्वारा मन और मति की रचना की गई है।

दृश्य पार दृष्टि के दाता, वही ब्रह्म त्रिदेव विधाता।।११।।

वह आत्मा दृश्य के पार है फिर भी दृष्टि को देने वाला है। वही ब्रह्म त्रिदेव का प्रादुर्भाव है।

घ्राण विषय से पर ते होई, जासे प्राण विषयरत सोई।।१२।।

वह घ्राणेन्द्रिय के विषय के परे है फिर भी प्राणों को प्रवृत्त करने वाला है।

अस ते आत्मतत्व ते गूहा, प्रज्ञामार्ग हेतु तेहि कहा।।१३।।

इस प्रकार से आत्मतत्व गूढ है फिर भी मनुष्य को प्रज्ञामार्ग में प्रवृत्त करने हेतु उसके बारे में ज्ञानी लोगों के द्वारा कुछ कहा गया है।

(प्रथम खंड समाप्त)

द्वितीय खंड

ब्रह्मज्ञान की अनिर्वचनीयता

जो तू माने मैं जानत हूँ, तो ब्रह्मरूप अति अल्प जानत तू।।१४।।

यदि तू ऐसा मानता है कि मैं उस ब्रह्म को जानता हूँ तो समझ ले कि तू उसको बहुत कम ही जानता है।

सर्वदेव अस ज्ञानी जो जाने, तेही रूप को सब अल्प ही माने।।१५।।

ज्ञानी और सर्वदेवों में उस ब्रह्म का जो रूप विदित है वह भी बहुत अल्प है।

अस परब्रह्म विषय चिंतन का, अति दुर्लभ परमाश्रय तन का।।१६।।

इस तरह से परब्रह्म केवल आत्मचिंतन का विषय है। उसे जानना अति दुर्लभ है फिर भी वह शरीर का परम आश्रय है।

अनुभूति का उल्लेख

ब्रह्म अनुभूति साधक पावे, अस्ति-नास्ति से पर हो जावे।।१७।।

जिस साधक को ब्रह्म की अनुभूति होती है वह -ब्रह्म है और ब्रह्म नहीं है- ऐसे विवाद से पर हो जाता है।

नाही कहत ते पूर्ण रूप जाना, अस नहीं कहे नहीं मैं जाना।।१८।।

वह ऐसा भी नहीं कहता है कि मैंने उसका पूर्ण रूप जान लिया है और ऐसा भी नहीं कहता है कि मैंने नहीं जाना।

जान अपितू ते अंजाना, जानने पर कछु रहे अंजाना।।१९।।

जिसने जाना है वह जानकर भी अनजाना है और उसको जान लेने के बाद भी कुछ अंजाना रह जाता है।

तेही मर्म जाने सो जाने, अंजाने नहीं तत्व पहचाने।।२०।।

उसके भेद को जो जानता है वही जानता है। अंजान लोग इस तत्व को नहीं पहचानते।

ज्ञाता अज्ञ और अज्ञ ज्ञानी

है जो अज्ञ वही है ज्ञाता, अरु ज्ञाता नहीं है विज्ञाता।।२१।।

जो अज्ञ (जानने के पार चला गया अर्थात बौद्धिक आयास प्रयास के पार चला गया) है वही सही रूप से ज्ञाता अर्थात जानने वाला है और जो ज्ञाता है (जिन्होंने केवल

बौद्धिक या शास्त्रीय स्तर पर जाना है) वह उसे विशेष रूप से (अनुभूति के स्तर पर) जानने वाला नहीं है।

अनुभूत ज्ञान विषय के पारा, अस ते तत्व की महिमा अपारा।।२२।।

अनुभव किया हुआ ज्ञान विषय के पार है। इस तरह तत्व (ब्रह्म) स्वरूप की महिमा अपार है।

प्रबुद्ध स्थिति जेही का ज्ञाना, तेही परब्रह्म अमृत का स्थाना।।२३।।

प्रबुद्धावस्था (the state of enlightenment) ही उसका (ब्रह्म का) ज्ञान है और यह ब्रह्मज्ञान(self-realization) ही अमृत स्वरूप है।

विद्या से केवल तम मिटहूं, अमृतत्व तो निज में बसहूं।।२४।।

विद्या से (ज्ञान से / the state of awakening) तो केवल अंधकार (darkness of ignorance) मिटता है परंतु अमृतत्व तो स्वयं में ही बसा हुआ है।

एही जन्म में जे तेही जानही, ते साधक हानि नहीं पावहीं।।२५।।

जो साधक इसी जन्म में उसे जान लेता है, उस साधक का कदापि अकल्याण नहीं होता।

प्रबुद्धजन करी जीवन सार्थक, इसी लोक पावै परमार्थक।।२६।।

प्रबुद्ध पुरुष इसी लोक में परमार्थ स्वरूप उसे प्राप्त करके जीवन को सार्थक कर लेता है।

(द्वितीय खंड समाप्त)

तृतीय खंड

देवताओं का गर्व

एक समय ब्रह्म विजयी भयउ, तेही से देव गर्व बहु करउ॥२७॥

एक बार ब्रह्म ने देवों के हित में विजय प्राप्त की। उस विजय को देवगण अपनी विजय मानकर अतिशय गर्व करने लगे।

वश अज्ञान कहे विजय हमारी, महिमा हमारी शक्ति हमारी॥२८॥

अज्ञानवश होकर कहने लगे कि हमारी शक्ति से हमारी विजय हुई है और यह हमारी ही महिमा है।

देव गर्वखंडन के हेतु, ब्रह्म प्रगट भए यक्षरूप सेतु॥२९॥

देवों के गर्वखंडन के लिए उनके बीच में स्वयं ब्रह्म यक्ष का रूप लेकर प्रगट हुए।

यक्षरूप सुर नहीं पहचाने, सर्व कहे सत्य एही का जाने॥३०॥

यक्ष रूप ब्रह्म को देव पहचान न सके और सबने कहा कि यह कौन है? चलो उसके सत्य को जाने।

यक्ष पूछहीं कवन तव भेदा, 'मैं हूँ यक्ष स्वयं जातवेदा'॥३१॥

अग्नि यक्ष के पास जाते हैं तब यक्ष प्रश्न करते हैं कि तुम कौन हो? अग्नि उत्तर में कहते हैं कि मैं स्वयं जातवेद (अग्नि का एक नाम) हूँ।

यक्ष पूछे क्या सामर्थ्य तेरा? भस्मीभूत करूं सर्व, बल मेरा।।३२।।

यक्ष ने पूछा कि तेरा सामर्थ्य कितना है? तब अग्नि ने उत्तर देते हुए कहा कि मैं सबकुछ भस्मीभूत कर सकता हूँ।

यक्ष दिया तेही को एक तिनका, गया वृथा सर्वबल तिनका।।३३।।

यक्ष ने उसे एक तिनका दिया और जलाने को कहा परंतु अग्नि का सारा बल व्यर्थ गया।

अस जल वायु सबै भए विफला, पुनि इन्द्र आया हित सफला।।३४।।

इस प्रकार से एक एक करके जल, वायु आदि सभी देव अपनी शक्ति प्रदर्शित करने में असफल गए फिर सबकी सफलता हेतु इन्द्र स्वयं यक्ष के पास आया।

अंतर्धान हुआ तब यक्षा, प्रगटी तहाँ उमा महा दक्षा।।३५।।

इन्द्र के प्रगट होते ही यक्ष अदृश्य हो गए और उसी स्थान पर महाकुशल उमा प्रगट हुईं।

(तृतीय खंड समाप्त)

चतुर्थ खंड

आभूषित अति मुख अति निर्मल, बोली बचन इन्द्र प्रति कोमल।।३६।।

सुंदर आभूषणों से युक्त और अति निर्मल ऐसी जगदंबा इन्द्र के प्रति कोमल वचन बोली।

सुनु मधवा ते यक्ष नहीं ब्रह्म, तेही बल विजयी, टूटा सब भ्रम।।३७।।

हे मधवा (इन्द्र)! आप जिसे यक्ष मान रहे थे, वे स्वयं ब्रह्म थे और उसके ही बल से आपने विजय पाई थी। ऐसा सुनकर देवों का भ्रम टूट गया।

तेही आदेश है करहू साधना, सर्वश्रेष्ठ तत्व आराधना।।३८।।

उस ब्रह्म का आदेश है कि साधना करो। उपासना ही सर्वश्रेष्ठ तत्व है।

ब्रह्मविषयक अध्यात्म आदेश

मन माध्यम से तेही उपासहीं, मनहीं उपासहीं सुमिरन करहीं।।३९।।

महामाया कहती है कि यह मन की शक्ति ही ब्रह्म है क्योंकि मन के माध्यम से ही उसका स्मरण होता है।

'वन' नाम से जो उपासना करहूं, तेही को सब जीव सादर भजहूं।।४०।।

उस ब्रह्म की -वन- इस नाम से उपासना करनी चाहिए। (वन का अर्थ है भजने योग्य) जो उसे इस प्रकार जानते हैं उसे सर्वभूत आदर सहित चाहने लगते हैं।

अस गुरु शिष्य प्रति उपनिषद् गावा, पुनि ब्राह्मण संबंधि कछु सुनावा।।४१।।

इस प्रकार गुरु ने शिष्य के प्रति उपनिषद् गाया। फिर ब्राह्मण संबंधी कुछ ज्ञान सुनाया।

तेही ब्राह्मी उपनिषद् कहहूं, हे शिष्य! तुम यह भाव से सुनहूं।।४२।।

उसे ब्राह्मी उपनिषद् कहते हैं। हे शिष्य! तुम यह भाव

से सुनो।

विद्या प्राप्ति के साधन

तप दम कर्म वेद वेदांगा, तेही सब मानो साधन अंगा।।४३।।

तपस्या, इन्द्रिय निग्रह, श्रौत कर्म, वेद और वेदांग – ये सब साधना के अंग हैं।

दृढ निश्चय बनी जो यह जाने, पाप क्षीण करी स्वर्ग को पामे।।४३।।

दृढ निश्चयी बनकर जो इसे प्राप्त कर लेते हैं उनके पाप क्षीण हो जाते हैं और वह स्वर्ग को प्राप्त करता है।

शांति मंत्र

ॐ आप्यायन्तु ममाङ्गानि वाक्प्राणश्चक्षुः श्रोत्रमथो बलमिन्द्रियाणि च सर्वाणि। सर्वम् ब्रह्मौपनिषदम् माऽहं ब्रह्म निराकुर्यां मा मा ब्रह्म निराकरोदनिराकरणमस्त्वनिराकरणम् मेऽस्तु। तदात्मनि निरते य उपनिषत्यु धर्मास्ते। ॐ शांतिः शान्तिः शान्तिः।।

कठोपनिषद्

कठोपनिषद् कृष्णयजुर्वेद की कठ शाखा के अंतर्गत है। वैशंपायन के एक शिष्य का नाम भी कठ था। इन दोनों आधार पर यह उपनिषद् कठोपनिषद् नाम से प्रसिद्ध हुई है।

शांति मंत्र

ॐ सह नाववतु। सह नौ भुनक्तु। सह वीर्यं करवावहै। तेजस्विनावधीतमस्तु मा विद्विषावहै। ॐ शांतिः शांतिः शांतिः।।

अर्थ :- वह परमात्मा हम दोनों की साथ साथ रक्षा करे। हम दोनों का साथ साथ पालन करे। हम साथ साथ विद्या संबंधी सामर्थ्य प्राप्त करें। हम दोनों विद्या के द्वारा तेजस्वी हों। हम द्वेष न करें। त्रिविध ताप की शांति हो।

शांति मंत्र

चौपाई

गुरु शिष्य की रक्षा करहूं, सदा उभय का पालन करहूँ।
सदा शक्ति सम्पन्न हम बनहूं, विद्याध्ययन विफल नहीं होहूं।
कबहुं द्वेष नहीं करहुं परस्पर, प्रेमादर से नित्य रहे दो वर।

प्रथम अध्याय

प्रथम वल्ली

वाजश्रव का दान

चौ.-एक बार उद्दालक स्वामी, ऋषि समर्थ ज्ञानी बहु नामी।।१।।

एक बार उद्दालक नाम के ऋषि जो समर्थ, ज्ञानी और बड़े नाम वाले थे।

वाजश्रवा नाम से सिद्धा, याग यज्ञ में अति प्रसिद्धा।।२।।

उनका नाम वाजश्रवा भी था, वे सिद्ध ऋषि याग-यज्ञ में अत्यंत प्रसिद्ध भी थे।

यज्ञ विश्वजित आरंभ कीन्हा, सर्व दक्षिणा याग व्रत लीन्हा।।३।।

उन्होंने एक बार विश्वजित यज्ञ का आरंभ किया और सर्व दक्षिणा याग (जिसमें अपने पास कुछ भी नहीं रखने का विधान होता है) का व्रत लिया।

तेही के प्रिय अति सुंदर सुता, आस्तिक्य मति शुभ गुण नचिकेता।।४।।

उसका एक प्रिय, सुन्दर, आस्तिक मति वाला तथा उत्तम गुणवान ऐसा नचिकेता नाम का पुत्र था।

गोधन वृद्ध दान पितु करहीं, नचिकेता मन ही मन सोचहीं।।५।।

यज्ञ के प्रारंभ में पिता को वृद्ध गायों का दान करते

हुए देखकर नचिकेता के मन में विचार आया।

पितोदका जग्धतृणा दुग्ध दोहा, निरइन्द्रिया फल संदेहा।।५।।

जो गाय केवल पानी पी सकती हैं, घास नहीं खा सकतीं, जिनके थन में दूध समाप्त हो गया है और जो बछड़े देने के लिए सक्षम नहीं हैं। ऐसा दान अर्थहीन है, पानवाले हृदय से खिन्न हैं।

आनंद लोक दानी नहीं जावहीं, गति कदापि योग्य नहीं पावहीं।।६।।

ऐसी गायों का दान देने से यज्ञफल प्राप्त होने में संदेह है। ऐसा दान करने वाले को आनंद लोक की प्राप्ति नहीं होती है और वह योग्य गति को भी प्राप्त नहीं करता है।

दानारंभ करी भय लोभा, अस जन जानि तेहि मन अति क्षोभा।।७।।

एक बार दान का आरंभ कर देने के बाद जो व्यक्ति भय या लोभ से पीड़ित होता है तो उसका अकल्याण होता है। ऐसा समझकर नचिकेता के मन में अत्यंत क्षोभ उत्पन्न हुआ।

सोइ जागा जग में जन जानो, निज जानि जगाए सनमानो।।८।।

जग में उसी को जागा हुआ समझो कि जो आपको अपना मानकर जगाए। ऐसे जागे हुए का ही सम्मान करो।

अहं लोभ बड़ रिपु सुन भाई, आपहुं नर्क पथ गति करी जाही।।९।।

अहंकार और लोभ बड़े शत्रु हैं। इन दो दुर्गुणों से मनुष्य स्वयं ही नर्क मार्ग की ओर गति करता है।

शाप देते हुए नचिकेता के पिता बोले कि हे बालक! तेरी मति अब बालक जैसी नहीं रही। मैं तत्काल ही तुझे यम को दे रहा हूँ।

सुनि क्रुर बचन पुत्र मन ठाना, पितु वचन परब्रह्म समाना।।१५।।

यद्यपि पिता का वचन क्रूर था तथापि उस वचन को सुनकर पुत्र ने मन में निश्चय कर लिया कि पिता का वचन परमात्मा के वचन के तुल्य है।

यद्यपि क्रोधित मन से करहीं, तदपि शब्द मिथ्या नहीं होई।।१६।।

भले वे केवल मन से ही क्रोधित हुए हैं परंतु उनके शब्द मिथ्या नहीं जाने चाहिए।

मैं सब में हूँ आज्ञाकारी, पितु वाणी क्यों बनहीं कुठारी।।१७।।

वैसे तो मैं सब शिष्य और पुत्रों में आज्ञाकारी हूँ तथापि पिता के वचन आज कुठार जैसे कठोर क्यों निकले?

अति संताप हृदय में उपजा, बरु सत बल से साहस निपजा।।१८।।

उसके हृदय में अति संताप उत्पन्न हुआ परंतु सत्य के बल से साहस भी बढ़ा।

मैं कल्याण उभय का चहहुं, नाथ शीघ्र मोही मृत्यु को देहूं।।१९।।

नचिकेता ने ठान लिया कि मैं मेरा और मेरे पिता का कल्याण चाहता हूँ। ऐसा सोचकर उसने पिता से कहा कि हे नाथ! मुझे शीघ्र ही मृत्यु को सौंप दो।

तातेसजग रहो सुनु साधक, बिनु सजगता सब है बाधक।।१०।।

इसलिए हे साधक! सुनो, सदा सजग रहो। सजगता के बिना सत्कर्म और सबकुछ बाधक बन जाता है।

अनिष्ट से पितु रक्षा हेतु, बोले उद्दालक कुल केतु।।११।।

पिता के लोभ के कारण होने वाले अनिष्ट से पिता को बचाने हेतु उद्दालक कुल में श्रेष्ठ ऐसे नचिकेता पिता के प्रति बोले–

तात मुझे काहु को देंगे? मख फल तबहीं पूर्ण तुम लेंगे।।१२।।

हे पिता जी! आप मुझे किसे देंगे? आप जब मेरा भी दान कर देंगे तभी आपको यज्ञ का पूर्ण फल मिलेगा।

यहाँ नचिकेता लोभयुक्त मन वाले पिता को जगाना चाहते हैं। जगाने के लिए एक अर्थ में कटु व्यंग्य करते हैं कि सर्वदक्षिणा यज्ञ में तो सबसे प्रिय चीज का भी दान कर देना होता है। बूढ़ी गायों का दान करने से कुछ नहीं होगा। मैं आपका प्रिय पुत्र हूँ, सबकुछ देते देते एक क्षण ऐसा भी आएगा कि आपको मेरा भी दान करना पड़ेगा। तब क्या करेंगे? तो आप मुझे अभी से बताओ कि आप मुझको किसे देंगे?

बार बार पूछहीं नचिकेता, तीसरी बार क्रोधित भए पिता।।१३।।

नचिकेता ने ऐसा बारा बार पूछा। जब तीसरी बार एक ही सवाल किया तो उसके पिता क्रोधित हो गए।

हे बालक! तव मति नहीं बाला, मैं दिन्हेहुं तोही यम तत्काला।।१४।।

घासफूस सम जीवन तेही, पकहीं मिटहीं पुनि जन्महीं जेहीं।।२०।।

नचिकेता ने सोचा कि जंगली घास-फूस जैसे जीवन से क्या लाभ? जो पैदा होता है, पकता है, मिट जाता है और फिर पैदा हो जाता है।

कहने का तात्पर्य यह है कि दुनिया में ज्यादातर लोग अपनी कोई समझ, क्षमता और उद्देश्य के बिना ही पैदा हो जाते हैं, बूढ़े हो जाते हैं, मर जाते हैं और फिर से पैदा हो जाते हैं।

केही प्रयोजन अस जीवन से, निज कल्याण मिलूं मैं यम से।।२१।।

ऐसे जीवन का क्या अर्थ? मैं मेरे कल्याण के लिए यम से अवश्य मिलूंगा।

वृथा जीवन तेही का होई, सत पालन नहीं जानहीं जेही।।२२।।

नचिकेता ने पिता से कहा कि उस मनुष्य का जीवन निरर्थक है जो सत्य का पालन नहीं जानता। (आपने अगर मुझे मृत्यु को देने का वचन दे ही दिया है तो मुझे बिना विलंब यमराज को सौंप दो और आपके सत्य का पालन करो।)

वाजश्रवा सत पालन कीन्हा, पुत्र शीघ्र यमराज को दीन्हा।२३।।

अंत में वाजश्रवा ने वचन को सत्य में बदलते हुए पुत्र को शीघ्र ही यमराज को दे दिया।

नचिकेता यम के द्वार पर

तीन रात्रि प्रतीक्षा कीन्हा, यम पद प्रक्षालन पुनि कीन्हा।।२४।।

यम के द्वार पर नचिकेता ने तीन रात तक प्रतीक्षा की। जब यमराजा को पता चला तब उसने उस ब्राह्मण अतिथि का चरण धोकर अतिथि भाव से स्वागत किया।

अति आदर सह यम कहे ताको, धन्य कुमार तीन वर मांगो।।२५।।

फिर अति सम्मान के साथ यम ने उसे कहा कि हे कुमार नचिकेता! आप धन्य हैं क्योंकि आप सत्यपालक और निर्भय हैं। मैं आपपर प्रसन्न हूँ आप मेरे पास तीन वरदान माँगो।

दो.- सुनु सादर यमराज जब, वापस पितु सन जाऊं।
पहचाने मोहे स्नेह से, क्रोध मुक्त तेहि पाऊं।।१।।

नचिकेता ने कहा, हे यमराज! सबसे पहला वरदान तो यह दीजिए कि मैं जब पिता के पास वापस लौटूं तब मुझे पहचाने, प्रेम से आवकार दें और मैं पिता को क्रोधमुक्त पाऊं।

चौपाई

कह तथास्तु यम प्रसन्न हृदय से, मुक्त बनो सुत पूर्व के भय से।।२६।।

यम ने प्रसन्न हृदय से तथास्तु कहा और कहा कि अतीत के भय से मुक्त हो जा।

दूसर वचन तात मैं मांगहुं, अमृतत्व पद को बरनवहूं।।२७।।

हे यमराजा! मैं दूसरा वचन मांगता हूँ। अमृतत्व पद क्या है? यह मुझे समझाइए।

हे नचिकेत सुनहुं मम बचना, सावधान रही करो आलोचना।।२८।।

यमराजा बोले, हे नचिकेता! मेरे वचनों को सुन और सावधान रहकर उनको विवेक दृष्टि से देख।

शुद्ध बोध उपदेश से घटहूं, अनंत लोक की प्राप्ति करहुं।।२९।।

ज्ञानी पुरुष के उपदेश से शुद्ध बोध की प्राप्ति होती है और शुद्ध बोध से अनंत लोक की प्राप्ति होती है।

विश्वाधार ज्ञान यह परमा, शुद्ध मति से जानहुं मरमा।।३०।।

यह परमज्ञान विश्व का आधार है। शुद्ध बुद्धि से उसके मर्म को जान।

प्रज्ञा रूपी गुफा में बसहुं, परमाग्नि का ध्यान तुम धरहुं।।३१।।

वह ज्ञान प्रज्ञा रूपी गुफा में बसता है। तू उस परमाग्नि का ध्यान धर।

आदि कारणभूत यह जानो, स्वर्ग मोक्ष हेतु पहचानो।।३२।।

वह विश्व का आदिकारण है तथा स्वर्ग और मौक्ष को देने वाला है उसे जान।

चित्त स्थिर करि तेहि को ध्याओ, शीघ्र सदेह मोक्ष को पाओ।।३३।।

चित्त स्थिर करके उसका ध्यान कर और शीघ्र ही सदेह मोक्ष की प्राप्ति कर।

अमृतत्त्व का कारण अनला, तेही जानउ बनि हृदय से बिमला।।३४।।

वह परमाग्नि अमृतत्व का कारण है। उसे जानकर हृदय से निर्मल हो जा।

अस तेहि द्वितीय वचन यम दीन्हा, नचिकेताग्नि नाम वर लीन्हा।।३५।।

इस प्रकार यम ने नचिकेता को दूसरा वचन दिया और प्रसन्न होकर यम ने कहा कि मेरी ओर से मैं एक और वरदान देता हूँ कि उस परमाग्नि के साथ आज से तेरा नाम लगेगा तथा वह नचिकेताग्नि कहलाएगा।

परमाग्नि भए तब से प्रसिद्धा, नचिकेताग्नि जाने सिद्धा।।३६।।

तबसे परमाग्नि नचिकेताग्नि नाम से प्रसिद्ध हुआ ऐसा सिद्ध लोग कहते हैं।

तृणाचिकेत जानहु जो साधक, तब कछु रहे न ब्रह्म में बाधक।।३७।।

जो साधक तृणाचिकेत को जानता है, उसे ब्रह्म को जानने में कुछ भी बाधा रूप नहीं रहता।

मात पिता गुरु से ते पावहि, ब्रह्म जनित अखंड सुख लहहुं।।३८।।

यह अग्नि माता-पिता और गुरु से प्राप्त करो तथा ब्रह्म से निपजे हुए अखंड सुख की प्राप्ति करो।

जो जानत यह अग्नि भाई, ते अमृतजीवन को पाई।।३९।।

जो साधक इस अग्नि को जानता है वह अमृतजीवन को प्राप्त करता है।

देहपात बिनु मृत्यु को जाने, बंधन मुक्त आनंद को पामे।।४०।।

ऐसा साधक देह त्याग किए बिना ही मृत्यु को जान लेता है। जन्म मृत्यु के बंधन से मुक्त होकर आनंद को प्राप्त करता है।

शोक पार कर आनंद पावहीं, साधक सदेह मोक्ष पद लेही।।४१।।

ऐसा साधक शोक को पार करके आनंदित रहकर सदेह ही मोक्षपद को प्राप्त करता है।

स्वर्गलोक से अतिशय सुंदर, जे चहहुं ऋषि-मुनि पुरंदर।।४२।।

वह पद स्वर्गलोक से भी सुंदर है जिसे ऋषि-मुनि और स्वयं इन्द्र भी चाहता है।

पुनि यमराज प्रेम से कहहूं, हे नचिकेत तृतीय वर मांगहूं।।४३।।

फिर यमराज ने प्रेम पूर्वक कहा कि हे नचिकेत! अब तीसरा वरदान माँग।

हूं प्रसन्न में यम अस कहिता, वर तीसर मांगा नचिकेता।।४४।।

जब यम ने कहा कि मैं प्रसन्न हूँ तो नचिकेता ने तीसरा वरदान माँगते हुए कहा-

नाथ आत्मविषयक एक संशय, कृपा करी मोही करहू निःसंशय।।४५।।

हे नाथ! मेरे मन में आत्मविषयक एक संशय है। आप कृपा करके मुझे संशय मुक्त करो।

कह कछु बुध जन आत्मा शाश्वत, कछु कह देहांतर से नाश्वंत।।४६।।

कुछ बुद्धिमान लोग कहते हैं कि आत्मा शाश्वत है और कुछ लोग कहते हैं कि देहांतर में वो नष्ट हो जाता है।

नहीं निश्चत ज्ञान कोई नाथा, करी प्रशिक्षित करहुं सनाथा।।४७।।

हे नाथ! इसके बारे में कोई निश्चित स्पष्टता नहीं है। आप मुझे इस विषय में प्रशिक्षित करके सनाथ बनाओ।

हे सुत यह संशय है आदि, सुर नर मुनि का प्रश्न अनादि।।४८।।

ये पुत्र! यह संशय आदि अनादि काल से देव, मनुष्य और ऋषि-मुनियों के मन में उठता आया है।

आत्मा सूक्ष्म धर्मा अति दुर्गम, अन्य मांग नहीं उत्तर सुगम।।४९।।

आत्मा सूक्ष्म धर्मा है तथा उस संदर्भ का ज्ञान अति कठिन है। तेरे प्रश्न का उत्तर इतना आसान नहीं। इसलिए इस वरदान की जगह कोई अन्य वरदान मांग ले।

आयु सुत वित संपत्ति मांगहूं, हय गज स्वर्ग भूमंडल चाहहूं।।५०।।

तू चाहे तो लंबा आयुष्य, पुत्र-पौत्रादि, धन-संपत्ति, हाथी-घोड़े, स्वर्ग या पूरी पृथ्वी का साम्राज्य मांग।

चिरस्थायिनी जीविका ईष्टा, सर्व भोग भले चाह विशिष्टा।।५१।।

तू चाहे तो कभी खत्म न होने वाली आजीविका मांग। अन्य सर्व प्रकार के विशिष्ट भोगों को मांग।

दुर्लभ बहु रमणी से सेवा, बरु अति कठिन आत्म के भेवा।।५२।।

तू चाहे तो विश्व की अद्वितीय सौन्दर्यवान रमणीयों से तेरी सेवा करा ले। परंतु आत्म रहस्य को कहना अति कठिन है।

मरण सबंधी प्रश्न बरू छांडहुं, अन्य जो मन भावन वर मांगहूं।।५३।।

ये नचिकेता! तुझे अन्य जो कुछ भी अच्छा लगे वह वर मांग ले परंतु मरण संबंधी प्रश्न छोड़।

महासर जस अक्षुब्धा रहहीं, तस कुमार अलोभित रहहीं।।५४।।

परंतु विशाल तालाब जैसे स्थिर रहता है वैसे ही किसी भी प्रलोभन में कुमार का मन नहीं लुभाया।

हे यमराज भोग से जीर्णा, इन्द्रिय देह अरु मन भए क्षीर्णा।।५५।।

कुमार ने यम से कहा कि हे यमराज! इन्द्रियाँ, देह, मन आदि भोग से जीर्ण-क्षीर्ण हो जाते हैं।

धर्म वीर्य तेज अरु प्रज्ञा, यश क्षय से सजग सदा सुज्ञा।।५६।।

इसलिए सुज्ञ जन धर्म, वीर्य, तेज, प्रज्ञा, यश आदि का निश्चित क्षय है ऐसा जानकर उससे सजग रहते हैं।

धन से तृप्त नहीं मतिवाना, सब ते श्रेष्ठ आत्म विज्ञाना।।५७।।

सद्बुद्धिवान पुरुष केवल धन से कभी तृप्त नहीं होता। सबसे श्रेष्ठ तो आत्म विज्ञान ही है।

तात कृपा करी नित्य पद कहहू, मैं अनित्य कछु कबहुं न चहहू।।५८।।

हे तात! आप कृपा करके नित्य पद क्या है? यह समझाओ। मैं आप से कोई अनित्य चीज कभी मांगने वाला नहीं हूँ।

परम मुमुक्षु मृत्यु ने जाना, आत्म तत्व सतरूप बखाना।।५९।।

यमराजा ने नचिकेता को वास्तव में मोक्ष की ही इच्छा वाला जानकर आत्म तत्व के संदर्भ में कुछ सत्य

बताना आरंभ किया।

जानि पात्र में कीन्ही परीक्षा, लेहूं अब अमृतत्व की दीक्षा।।६०।।

हे नचिकेता! तुझे पात्र जानकर मैंने तेरी परीक्षा की, अब मुझसे अमृतत्व की दीक्षा प्राप्त कर।

द्वितीय वल्ली

श्रेय प्रेय प्रयोजन भिन्ना, श्रेय सदा शुभ प्रेय करे खिन्ना।।६१।।

श्रेय और प्रेय का प्रयोजन भिन्न भिन्न है। श्रेय सदा शुभ और प्रेय दुःख देने वाला है।

श्रेय का अर्थ है कल्याणकारी और प्रेय का अर्थ है प्रिय।

जे जन अमृतत्व का खोजी, केवल श्रेय, चाह नहीं दूजी।।६२।।

जो मनुष्य अमृतत्व की खोज करने वाला है, वह केवल श्रेय को ही देखता है। उसके मन में प्रेय वस्तुओं की चाह नहीं होती है।

धीर वीर कोऊ श्रेय को चहहूं, साधारण जन प्रेय में रहहूं।।।६३।।

कोई धैर्यवान और विरला ही श्रेय चाहता है। साधारण मनुष्य तो अपने प्रिय चीजों में ही अटक जाता है।

विद्या अविद्या नाम से ख्याता, हित अहित को दोउ विख्याता।।६४।।

श्रेय और प्रेय विद्या और अविद्या नाम से प्रचलित हैं। यह बात जाहिर है कि विद्या हितकारी और अविद्या

अहितकारी है।

विद्या अभिलाषी तुम ताता, धन्य धन्य सुत तुमरी माता।।६५।।

हे तात! तू विद्या अभिलाषी है। तेरी माता धन्य है – धन्य है।

ते मति मंद मूढ बुध कहहीं, केवल प्रेय प्रति प्रीति रखहीं।।६६।।

ज्ञानी पुरुष ऐसे मनुष्य को मूढ और मंद मति वाला कहते हैं– जो केवल प्रेय को ही चाहता है।

नहीं विचलित भया श्रेय मार्ग से, तू विरक्त संसार स्वार्थ से।।६७।।

तू श्रेय मार्ग से विचलित नहीं हुआ और सांसारिक स्वार्थों से विरक्त रहा।

धन लोभी परलोक प्रमादी, मम वश बार बार सो विषादी।।६८।।

जो मनुष्य धन का लोभी है, परलोक के साधन में प्रमाद करता है। ऐसा मनुष्य बार-बार मेरे वश होकर दुःख को प्राप्त करता है।

आत्म तत्व निरूपण बड़भागा, वक्ता श्रोता दोऊ सुभागा।।६९।।

आत्म तत्व का निरूपण करना, यह महान भाग्य की बात है। जिसमें वक्ता और श्रोता दोनों धन्य भागी हैं।

आत्मलब्ध कोटिक में कोऊ, कोटिक में कोऊ ज्ञाता होऊ।।७०।।

करोडों में किसी एक को आत्मोपलब्धी होती है और करोडों में कोई ही उसका ज्ञाता होता है।

निम्नकोटि जन कह नहीं पावे, अभेद दर्शी सत् दरश करावे।।७१।।

निम्न कोटि का मनुष्य उस विषय में कुछ नहीं कह सकता। केवल अभेद दर्शी ही सत् का दर्शन करा सकते हैं।

अस्ति नास्ति दोउ गति से पर ते, सूक्ष्मातिसूक्ष्म दुर्विज्ञेय ते।।७२।।

आत्मा 'है और नहीं है' ये दोनों बातों से पर है। वह सूक्ष्म से भी सूक्ष्म और जानने में अति कठिन है।

शुद्ध अशुद्ध से पर ते भाई, करता अकर्ता कछु न कहाई।।७३।।

वह शुद्ध और अशुद्ध से भी पर है। वह कर्ता भी नहीं है, अकर्ता भी नहीं है।

तर्क प्राप्य नहीं कोऊ विधाना, सम्यक ज्ञान केवल विज्ञाना।।७४।।

तर्क और विधि-विधान के द्वारा कोई उसे प्राप्त नहीं कर सकता। उसे जानने का उपाय केवल सम्यक ज्ञान है।

सत् धारणा हृदय तव भाई, तासे समझ हृदय यह लाई।।७५।।

तेरे हृदय में सत् धारणा है, जिससे तेरे हृदय में ऐसी जिज्ञासा उत्पन्न हुई।

तुम सम और शिष्य मैं चहहुं, धन्य गुरु मुमुक्षु शिष्य मिलहूं।।७६।।

मुझे तेरे जैसे और शिष्य भी प्राप्त हों। मुमुक्षु शिष्य को प्राप्त करके गुरु धन्य बन जाते हैं।

अनित्य साधन सब है व्यर्था, नित्य विभूति आत्म समर्था।।७७।।

नाश्वंत सभी साधन व्यर्थ हैं। केवल आत्मा नित्य विभूति और समर्थ है।

परमोपलब्धि अति आनंदकारी, मोक्ष द्वार उघड़े उपकारी।।७८।।

परमोपलब्धि अत्यंत आनंददायक है, वह मोक्ष द्वार खोल देने का उपकार करती है।

मुक्ति द्वार खुलहीं नचिकेता, ब्रह्मभुवन अधिकारी विनीता।।७९।।

हे नचिकेता! तेरे लिए मुक्ति के द्वार खुल जाएंगे और तेरी विनम्रता के कारण तू ब्रह्मभुवन का अधिकारी बनेगा।

नचिकेता उवाच -

दो.- **धर्म अधर्म से पर अरु, कार्य कारण के पार।**

भूत भविष्य से अतीत जे, निजहित कहहू सार।।१।।

हे यमराज! जो आत्मतत्व, धर्म-अधर्म से पर, कार्य-कारण से परे तथा भूत-भविष्य के परे है, उसका सार मेरे कल्याण हेतु बताईए।

ॐकार उपदेश

यम उवाच -

चौ.- **सर्व वेद बरनऊ जे भ्राता, तेहि परम तप फल है त्राता।८०।।**

हे भाई! सभी वेद जिसका वर्णन करते हैं और वही परम तप का फल और तारने वाला है।

पद ॐकार रूप तुम सुनहूं, आत्म तत्व संक्षेप में कहहूं।।८१।।

वह ॐकार पद स्वरूप है। उस आत्मतत्व को मैं संक्षेप में कहता हूँ। तू उसे ध्यान पूर्वक सुन।

अक्षर ब्रह्म अक्षर पद पावहीं, अक्षर पर अक्षर हो जावहीं।।८२।।

वह अक्षर ही ब्रह्म है। इस अक्षर की उपासना करता हुआ साधक परम पद को प्राप्त करता है। वह अक्षर अक्षरों के परे है (शब्दों के पार है) और उसकी इच्छा करने वाला अक्षर स्वरूप हो जाता है।

आत्मस्वरूपनिरूपण

छंद– **मेधावी आत्मा न जन्महीं, नहीं मरहीं न ही रूप धारहीं।**

ते नित्य शाश्वत और पुरातन, साधना से उद्धारहीं।

भले पंचभूत हो नाशवंत बरु, आत्मतत्व नहीं मीटहीं।

पर हर प्रपंच से मुक्त हरेश्वरी, आत्मरूप को जानहीं।। १।।

मेधावी आत्मा नहीं जन्मता है, नहीं मरता है, नहीं रूप धारण करता है। वह नित्य शाश्वत और पुरातन है। उसकी साधना करने वाले का वह उद्धार कर देता है। पंच महाभूत का बना हुआ शरीर भले नाश्वंत है परंतु शरीर के नाश के साथ आत्मा नहीं मिटता है। माँ हरेश्वरी कह रही है कि जो हर प्रपंच से मुक्त है, ऐसे आत्मस्वरूप को जान।

हंता जो समझे में हना, रु हता वो समझे हना गया।

दोऊ बोध हीन है, आत्मतत्व मृत्यु पार कहा गया।

ते बृहद से बृहद अणु से सूक्ष्म नित्य हिरदय स्थिर है।

इन्द्रिय द्वार से हरेश्वरी झांके वही धीर वीर है।२।।

किसीको मारने वाला यह समझे कि 'मैंने मारा' और मरने वाला यह समझे कि 'मैं मारा गया' तो दोनों गलत समझ रहे हैं। आत्म तत्व मृत्यु के पार है। वह बड़े से बड़ा और अणु से भी सूक्ष्म ऐसा प्रत्येक के हृदय में स्थिर है। माँ हरेश्वरी कह रही है कि इन्द्रिय द्वार के द्वारा जो उस सूक्ष्म को सूक्ष्म रूप से झांक लेता है वही धीर और वीर है।

आत्मा की महिमा जान के, ब्रह्मचारी शोक को त्यागही।

मदयुक्त मद से मुक्त मुझ बिन और कौन ते जानहीं।

है अचल अपितु दूर गामी, सुप्त बरु सर्वत्र है।

विपरीत धर्म युक्त हरेश्वरी, मन गति पर वर्चस्व है।।३।।

ब्रह्म में विचरण करने वाले लोग आत्मा की महिमा जानकर शोक का त्याग कर देते हैं। यमराजा नचिकेता से कहते हैं कि वह आत्मा मदयुक्त भी है और मद से मुक्त भी। मेरे बिना और कौन उसे इतनी अच्छी तरह से जान सकता है! वह आत्म तत्व अचल होने पर भी दूर तक गमन कर सकता है। सुप्त होने पर भी सर्वत्र है। माँ हरेश्वरी कहती हैं कि ऐसे विपरीत धर्म युक्त आत्मा का मन की गति पर वर्चस्व है।

ते अशरीरी अनित्य में नित्य सर्व व्यापक जानहीं।

तेही जानि प्रज्ञावान पुरुष शोक मोह को त्यागहीं।

नहीं वेद प्राप्य श्रवण प्राप्य न और साधन प्राप्य है।

ते निज से निज को जान हरेश्वरी अन्यथा अप्राप्य है। ।४।।

उस आत्मा को अशरीरी अनित्य में भी नित्य और सर्वव्यापक जान। प्रज्ञावान पुरुष इस सत्य को जानकर शोक और मोह का त्याग करते हैं। यह तत्व ना ही वेद के द्वारा प्राप्त हो सकता है, ना ही श्रवण के द्वारा और ना ही अन्य साधनों के द्वारा। हे हरेश्वरी! तू उसे अर्थात स्वयं को स्वयं के द्वारा ही जान, अन्यथा वह अप्राप्य है।

दुष्चरित शांत न इन्द्रियाँ अस्थिर मन नहीं पावहीं।

है पूर्ण धर्मा सर्व रक्षक सुख शांति की खान ही।

ते मृत्यु भोक्ता वर्ण से पर ब्रह्मज्ञानी मानहीं।

हे नचिकेता मुझ से अधिक कौन तेही को जानहीं।।५।।

दुष्चरित, जिसकी इन्द्रियाँ अशांत हैं और मन अस्थिर है ऐसे लोग आत्मतत्व को प्राप्त नहीं कर सकते। वह आत्मतत्व पूर्ण धर्मा, सर्वरक्षक और सुख शांति की खान है। वह मृत्यु भोक्ता और वर्ण से पर है। ऐसा ब्रह्मज्ञानी मानते हैं। हे नचिकेता! मुझसे अधिक उसे कौन जान सकता है!

तृतीय वल्ली

आत्मा के दो भेद

दो.- **ब्रह्मवेत्ता अस कहहीं सुत, बुद्धि गुहा में स्थित।**

कर्म फलों को भोगही, ब्रह्मस्थान में प्रविष्ट।।२।।

वह आत्मतत्व बुद्धि रूपी गुफा में स्थित रहता है तथा मनुष्य के ब्रह्मस्थान में प्रवेश करके कर्म फलों को भोगता रहता है, ऐसा ब्रह्मवेत्ताओं का मत है।

चौ.- **छाया धूप रूप ते कहहीं, तत्व विलक्षण ज्ञानी जानहीं।।८३।।**

वह आत्मा छाया और धूप दोनों स्वरूप कहा गया है। उस विलक्षण तत्व को ज्ञानी ही जानते हैं।

तामे एक कर्मफल भोक्ता, दूजा साक्षी कहे ब्रह्मवक्ता।।८४।।

ब्रह्मवक्ता कहते हैं कि छाया-धूप रूपी दो स्वरूपों में से एक कर्म फल का भोक्ता है और दूसरा साक्षी रहता है।
(उसे पर और अपर नाम से जानते हैं।)

पर अपर दोउ ब्रह्म स्वरूपा, कर्मयोगी अपर में स्थिता।।८५।।

पर और अपर दोनों ब्रह्म के स्वरूप हैं। कर्मयोगी अपर ब्रह्म में स्थित रहता है।

पर संसार पार की स्थिति, अपर की संसारी सम रीति।।८६।।

पर संसार पार की अवस्था है तथा अपर संसारी जैसा

व्यवहार करता है।

अपर ब्रह्म परब्रह्म का सेतु, हो समर्थ दोउ में नचिकेतु।।८७।।

अपर ब्रह्म की उपासना परब्रह्म तक पहुंचने का माध्यम है। हे नचिकेता! तू दोनों में कुशल बन।

शरीरादि से संबंधित रथादि रूपक

आत्मचक्र जानौ रथ तन को, बुद्धि सारथी लगाम मन को।।८८।।

हे साधक! आत्मा को चक्र, शरीर को रथ और बुद्धि को सारथी समझो तथा बुद्धि रूपी सारथी के द्वारा मन को संयमित करो।

इन्द्रियगण रथ को सुत खींचहीं, आत्मा कर्म फलों को भोगहीं।।८९।।

हे पुत्र! इन्द्रियगण रूपी अश्व शरीर रूपी रथ को खींचता है और आत्मा कर्म फलों को भुगतता है।

असंयतचित्त युक्त सारथी, इन्द्रियगण नहीं वश ते आरती।।९०।।

जिस सारथी का चित्त संयमित नहीं है, उसकी इन्द्रियां वश में नहीं रहतीं और वह दुःख पाता है।

कुशल सारथी समाहित चित्ता, इन्द्रियगण वश रहे नचिकेता।।९१।।

हे नचिकेता! स्थिर चित्तवान, कुशल सारथी इन्द्रियगण को अपने वश रख सकता है।

अविज्ञानी अनिग्रही अपवित्रा, कस पावे पद अति पवित्रा।।९२।।

आत्मविज्ञान को नहीं जानने वाला, इन्द्रियों व मन से असंयमी और अपवित्र उस परम पद को प्राप्त नहीं कर सकता।

पुरुष विवेकी परम पद पावहीं, आवागमन से पार हो जावहीं।।१३।।

विवेकी पुरुष परमपद को प्राप्त करके जन्म-मृत्यु के चक्र से पार हो जाता है।

इन्द्रियादि का तारतम्य

इन्द्रिय से तस विषय है श्रेष्ठा, विषय से मन जानो उत्कृष्टा।।१४।।

इन्द्रियों से उनके विषय श्रेष्ठ हैं। विषय से मन श्रेष्ठ है।

मन से मति अरु मति से आत्मा, तासे श्रेष्ठ पुरुष परमात्मा।।१५।।

मन से बुद्धि श्रेष्ठ है, बुद्धि से आत्मा श्रेष्ठ है और आत्मा से परम पुरुष परमात्मा श्रेष्ठ है।

परागति पराकाष्ठा स्वरूपा, ब्रह्मविद् कोउ जाने तेही रूपा।।१६।।

वह स्वरूप परागति और पराकाष्ठा स्वरूप है। (उससे आगे कुछ भी नहीं है।) कोई ब्रह्मविद् ही उस स्वरूप को जान सकता है।

सूक्ष्मदर्शी पुरुष ते जानहीं, मूर्ख मूढ सत बात न मानहीं।।१७।।

सूक्ष्मदर्शी पुरुष ही उसे जान सकता है। मूर्ख और मूढ इस सत्य को जानने के लिए तैयार ही नहीं होते।

लय चिन्तन

परम विवेकी वाणी को मन में, मन को मति में पुनि महत्‌तत्व में।।९८।।

परम विवेकी पुरुष वाणी को मन में, मन को मति में, मति को महत्‌तत्व में...

महत्‌तत्व को शांतात्मा में, शांतात्मा को विश्वात्मा में।।९९।।

महत्‌तत्व को शांतात्मा में, शांत आत्मा को विश्वात्मा में विलीन कर देता है।

जागो साधक मोह निद्रा से, मुक्त करो निज को तंद्रा से।।१००।।

हे साधको! अज्ञान रूपी निद्रा में से जागो और स्वयं को तंद्रावस्था (अर्धजाग्रतावस्था) में से मुक्त करो।

तत्वज्ञान तीक्ष्ण महाशस्त्रा, श्रुति कहे संत ऋषि मुनि शास्त्रा।।१०१।।

वेद, संत, ऋषि-मुनि और शास्त्र कहते हैं कि अज्ञान को काटने का तीक्ष्ण और महाशस्त्र यदि कोई है तो वह है, तत्वज्ञान।

सर्व अनर्थ बीज अज्ञाना, अति दुष्प्राप्य पुत्र तत्वज्ञाना।।१०२।।

हे पुत्र! सर्व अनर्थ का बीज अज्ञान है और तत्वज्ञान अति दुष्प्राप्य (आसानी से प्राप्त नहीं होने वाला) है।

आत्मतत्व

दो.- **रसहीन अव्यय अरूप ते, शब्द स्पर्श के पार।**

निश्चल अनंत अनादि जे, जाने तेहि उद्धार।।३।।

वह आत्मतत्व रसहीन (सांसारिक विषयों में रस न लेने वाला), अव्यय, अरूप, शब्द-स्पर्श के पार, निश्चल, अनंत, और अनादि है। उसे जानने मात्र से उद्धार हो जाता है।

हरेश्वरी विज्ञान यह, परम सनातन जान।
कहहीं पढहीं ब्रह्मलोक में, महिमा बड़ मतिवान।।४।।

माँ हरेश्वरी कहती है कि इस विज्ञान को परम सनातन समझना। हे सद्बुद्धिवान साधको! इस विषय को जो कहेगा या पढेगा उसका ब्रह्मलोक में वास होगा।

परम गुह्य यह ग्रंथ को ब्रह्म सभा में गाय।
ते अनंत फल पावहीं अंत में शुभगति जाय।।५।।

इस परम रहस्यमय ग्रंथ को जो ब्राह्मणों की सभा (ब्रह्म को जानने वालों की सभा) में गाएगा वह अनन्त फल प्राप्त करके अंत में शुभ गति को प्राप्त करेगा।

द्वितीय अध्याय

प्रथम वल्ली

इन्द्रियों की बहिर्मुखता आत्मदर्शन में विघ्नरूप

चौ.-**केवल इन्द्रियगामी जीव जेही, प्रत्यगात्म नहीं दर्शही तेही।।१०३।।**

जो जीव केवल इन्द्रियों में ही रमता है उसे प्रत्यगात्म (अंतरात्मा) का दर्शन नहीं होता।

बहिरमुखी इन्द्रिय अति भाई, तहं जीव ईश माया वश जाई।।१०४।

हे भाई! इन्द्रियों का स्वभाव अतिशय बहिर्मुखी है और ईश्वर की माया के वश जीव इन्द्रियाभिमुख होता है।

जीव अल्पज्ञ भोग में राचहीं, अंत में घोर मृत्यु फल फासहीं।।१०५।।

जो अज्ञानी जीव केवल भोग में ही राचता है, वह अंत में घोर मृत्यु के फंदे में फंसता है।

जन विवेकी विषय सुख विमुखा, सदा रहे ध्रुव पद सन्मुखा।।१०६।

जो विवेकी मनुष्य विषय सुख में डूबा हुआ नहीं रहता, वह स्थिर पद को प्राप्त करता है।

आत्मा शक्ति से विषयरस जाने, पुरुष विवेकी मिथ्यात्व पहचाने।।१०७।।

विवेकी पुरुष अपनी आत्मशक्ति से विषय रस के मिथ्यात्व को जानता है।

इह लोक सीमित अति भाई, आत्म तत्व सर्वज्ञ सदाई।।१०८।

हे भाई! विषय सुख मृत्यु लोक तक सीमित है और आत्म तत्व सर्वज्ञ और सदा सदा है।

तिनहुं अवस्था में ते शाश्वत, दृष्टा परम कबहुं नहीं नाश्वंत।।१०९।।

वह तीनों अवस्थाओं (जाग्रत, स्वप्न और सुषुप्ति) में शाश्वत है, परम दृष्टा है और उसका कभी नाश नहीं होता।

तिनहुं काल में शासक आत्मा, अक्षर अनंतरूप परमात्मा।।११०।।

आत्मा, अक्षर, अनन्त रूप तथा त्रिकाल का शासक है।

अस समझी जीव भाव से मुक्त, पुरुष मुक्त, जीव कर्म फल भोक्ता।।१११।।

इस सत्य को जानकर मुक्त पुरुष जीव भाव से मुक्त हो जाता है और जीव भाव में राचने वाला कर्म फलों को भुगतता रहता है।

पुरुष कदापि न जीव आसक्ता, सदा मुक्त नहीं कर्ता भोक्ता।।११२।।

पुरुष अर्थात आत्मतत्व जीव भाव में कभी आसक्त नहीं होता। वह कर्ता भी नहीं और भोक्ता भी नहीं। वह तो सदा मुक्त है।

आदि अनादि सर्व जग कारण, प्रज्ञा में स्थिर ब्रह्म अकारण।।११३।।

वह ब्रह्म आदि अनादि, सर्वजगत का कारण और

अकारण ही प्रज्ञा में स्थिर है।

जे जाने इस ब्रह्म को भाई, ते गति छांडी अन्य नहीं जाई।।११४।।

जो इस ब्रह्म को जानता है वह उसका स्मरण छोड़कर अन्य का स्मरण कभी नहीं करता।

सर्व देवमय अदिति स्वरूपा, शुद्धमति रूप गुहा में स्थिता।।११५।।

वह ब्रह्म सर्वदेवमय अदिति (विद्या) स्वरूप है और शुद्धबुद्धि रूपी गुफा में स्थिर है।

अस्त उदय मूल पूर्ण प्राणात्मा, सकउ न कोउ लांघी परमात्मा।।११६।।

वह पूर्ण प्राणात्मा अखिल विश्व के उदय और अस्त का कारण है। उस परमात्मा की सीमा का कोई उलंघन नहीं कर सकता।

इन्द्रियग्राम तत्व ते भासत, अन्यत्र भी वही तत्व विलसत।।११७।

जो तत्व इन्द्रियग्राम (शरीर) में भासता है वही तत्व सर्वत्र विलास कर रहा है।

तत्व रूप जो देख न सकही, ते मूढ पुनि पुनि जनमही मरही।।११८।।

जो मनुष्य इस तत्वरूप को देख नहीं सकता वह बार बार जन्म लेता है और मरता है।

देह मध्य स्थित परम पुरुषा, जानि न चिंत न देहाध्यासा।।११९।।

देह के मध्य में जो परमपुरुष स्थित है उसे जानकर ज्ञानी पुरुष निश्चिंत रहता है और देहाध्यास छोड़ देता है।

त्रिकालज्ञ त्रिकालाबाधित, ज्योतिरूप पर ब्रह्म कालातीत।।१२०।।

वह ब्रह्म भूत, भविष्य और वर्तमान को जानने वाला फिर भी त्रिकाल से मुक्त ज्योतिस्वरूप और कालातीत है।

ब्रह्म में भेद दृष्टि

जस पर्वत पर बारिद बरसहीं, जलधारा सब निम्नपथ सरहीं।।१२१।।

जिस तरह पर्वत पर बादल बरसता है और उसी जल की धारा निम्न मार्गों में बहती है।

तस आत्मा को विविध रूप माने, भिन्न भिन्न रूप जीव जग में पावे।।१२२।।

जैसे जल और धारा भिन्न नहीं हैं इसी तरह से आत्मा को विविध रूप माना गया है और जीव विविध रूप को प्राप्त होता है।

निर्मल जल निर्मल मिली निर्मल, तिमी विज्ञानी आत्मा अति विमल।।१२३।।

जैसे निर्मल जल निर्मल में मिलकर निर्मलता को ही प्राप्त करता है वैसे ही आत्मविज्ञानी स्वयं को जानकर उसमें लीन रहता है (विशुद्ध रहता है)।

द्वितीय वल्ली

आत्मापुर

ग्यारह द्वार युक्त आत्मापुर, तेही के ध्यान से शोक मोह दूर।।१२४।।

आत्मा ग्यारह द्वार युक्त नगर में रहता है। उसके ध्यान से शोक और मोह दूर होता है।

छंद- **ते गमनशील रवि वायु पृथ्वी अग्नि वरुण स्वरूप है।**
गति मनुष्य में देवों में ज्ञान सत्य रूप यज्ञ याग है।
आकाशगामी जल धरा यज्ञ नग से उत्पन्न तत्व है।
ते सत्यरूप नित हरेश्वरी गौतम महान विराट है।।६।।

वह गमनशील, सूर्य, वायु, अग्नि और वरुण स्वरूप है। वही आत्मतत्व मनुष्यों में गति, देवों में ज्ञान और यज्ञ-याग में सत्य रूप है। वह आकाशगामी, जल, धरा, यज्ञ और पर्वत से उत्पन्न तत्व है। माँ हरेश्वरी कहती है कि हे गौतम (नचिकेता/साधक)! वह सत्यरूप, नित्य, महान और विराट है।

दो.- **प्राण को उर्ध्व जे खींचही अपान गति करे निम्न।**
हृदय मध्य जे बिराजहीं तेही भज मन नहीं खिन्न।।६।।

जो प्राण को ऊपर की ओर खींचता है और अपान की नीचे की ओर गति करता है तथा हृदय के मध्य में बिराजित है उसका भजन कर ले। तो मन कभी खिन्न नहीं होगा।

देहस्थ आत्मा ही जीवन है

चौ- **देह मुक्त जब ते हो जावे, तब देह में विशेष न पावे।।१२५।।**

जब वह आत्मा शरीर से मुक्त हो जाता है तब वह शरीर में पाया नहीं जाता।

जीवन प्राण अपान से नाही, जीवन आश्रय आत्मा भाई।।१२६।।

जीवन प्राण और अपान से नहीं चलता परंतु आत्मा ही जीवन का परम आश्रय है।

मरणोत्तर काल में जीव की गति

ब्रह्म सनातन में बरनवउ, गौतम गुह्य सत्य तुम सुनहू।।१२७।।

हे गौतम! मैं सनातन ब्रह्म का वर्णन करता हूँ। तू इस गूढ सत्य को सुन।

ज्ञान कर्म अनुरूप देह धरही, विविध योनि में पुनि जीव फिरहीं।।१२८।।

जीव अपने ज्ञान और कर्म के अनुसार शरीर को प्राप्त करता है और कर्म के अनुसार ही विविध योनियों में फिरता है।

गुह्य ब्रह्मोपदेश

दो.- **प्राणादि जब सुप्त रहे, तबही जागही ब्रह्म।**
इच्छित रचना करत है शुद्धामृत परब्रह्म।।७।।

प्राण आदि जब सोए हुए होते हैं तब भी ब्रह्म जागता है और इच्छित रचना को करता है। वह परब्रह्म शुद्ध अमृतरूप है।

चौ.- **सर्व लोक कर परम ते आश्रय, सकइ न लांघी कोउ ते निश्चय॥१२९॥**

वह सर्वलोक का परम आश्रय है। उसकी मर्यादा को कोई उलंघन नहीं कर सकता, यह बात निश्चय है।

जस प्रकाश वस्तु रूप लहेउ, तस ते प्रति जीव रूप कहेहू॥१३०॥

जिस तरह प्रकाश वस्तु का रूप धारण करता है उसी तरह आत्मा प्रत्येक जीव के स्वरूप को धारण करता है।

जस वायु प्रति रूप अनुरूपा, तस आत्मा सर्व रूप अनूपा॥१३१॥

जिस प्रकार वायु प्रत्येक रूप के अनुरूप हो जाता है उस तरह वह अनुपम आत्मा सर्वरूप को धारण करता है।

सर्व नेत्र है सूर्य हे गौतम, तदपि प्रदूषित नहीं नरोत्तम॥१३२॥

हे नरोत्तम गौतम! सूर्य सर्व नेत्र होने पर भी स्वयं दूषित नहीं होता...

अस अंतर आत्मा नहीं दूषिता, भले मतिमन भए विपरीता॥१३३॥

... ऐसे ही मति और मन के विपरीत चलने पर भी अंतरात्मा दूषित नहीं होता।

असंग आत्मा

एक अनंत सब तेही आधीना, तेही जानी ज्ञानी स्वाधीना।।१३४।।

वह आत्मा एक और अनन्त है। सबकुछ उसके आधीन है। इस सत्य को जानकर ज्ञानी हमेशा स्वाधीन रहता है। अर्थात संसार के दुःखों से लिप्त नहीं होता।

छंद- **अनित्य में नित्य ब्रह्मा आदि देव में चैतन्य है।**
ते पूर्णकाम समर्थ परम सर्व तदपि शून्य है।
जे पुरुष परम विवेकी ते तेही जानी शांति पावहीं।
विज्ञानरूप अनिर्वचनीय परम सुख रूप गावहीं।।७।।

वह ब्रह्म अनित्य में नित्य और ब्रह्मा आदि देवों में चैतन्य स्वरूप है। वह पूर्णकाम, समर्थ, परम, सर्व फिर भी शून्य है। जो मनुष्य परम विवेकी है वह उसके स्वरूप को जानकर शान्ति प्राप्त करता है और ऋषिगण उसे विज्ञानमय, अनिर्वचनीय और परम सुखरूप कहकर उसके गुण गाते रहते हैं।

सर्वप्रकाशक का अप्रकाश्यत्व

चौ.- **आत्म लोक है आत्म प्रकाशी, रवि शशि सब असमर्थ सुखराशि।।१३५।।**

आत्मलोक स्वयं प्रकाशित है, वह सुख का धाम है।

उसके सामने सूर्य, चंद्र, तारे सब असमर्थ हैं।

तृतीय वल्ली

संसार रूप अश्वत्थ वृक्ष

उर्ध्वमूल निम्न शाखाएं, वृक्ष सनातन भेद कोउ पाए।।१३६।

उसका मूल ऊपर और शाखाएं नीचे की ओर हैं। ऐसे सनातन वृक्ष का भेद कोई विरला ही पा सकता है।

ज्योति स्वरूप ब्रह्म अमृता, तेही जाने जिनके सुकृता।।१३७।।

वह ज्योति स्वरूप, ब्रह्म, अमृत स्वरूप है। जिनके सद्भाग्य हैं वही उसे जान सकता है।

महान भयरूप अति निर्भय ते, वज्र समान ज्ञानी निर्भय से।।१३८।।

वह महान भयरूप और अति निर्भय है। वह उठे हुए वज्र के समान है, उसे जानकर ज्ञानी निर्भय रहते हैं।

ब्रह्म उदित जग ब्रह्म में राचे, कण कण में स्थूल सूक्ष्म बिराजे।।१३९।।

यह विश्व ब्रह्म से उदित है और उसमें ही राचता है। वह अणु-अणु में अर्थात स्थूल सूक्ष्म सभी स्थानों में बिराजित है।

अजर अमर ज्ञाता होई जावे, शुद्ध मति हिरदय नित पावे।।१४०।।

इसे जानने वाला अजर-अमर और परम ज्ञाता हो

जाता है। शुद्ध मतिवान उसे अपने हृदय में अनुभव करता है।

इन्द्र अग्नि रवि यम अरु वायु, कांपहीं सब ब्रह्म सबकी आयु।।१४१।।

इन्द्र, अग्नि, सूर्य, यम, वायु आदि उस ब्रह्म से कांपते हैं और ब्रह्म उन सब देवों की आयु है।

जान सदेह ते जीवन मुक्ता, मूढजन जन्म मरण से युक्ता।।१४२।।

उसे जो सदेह जान लेता है, वह जीवन मुक्त हो जाता है और मूढ मनुष्य जन्म-मरण में भटकता रहता है।

दर्पण बिंब न्याय सब जानो, निर्मल चित्त में तेहि पहचानो।।१४३।।

शुद्ध दर्पण में जैसे प्रतिबिंब साफ दिखाई देता है वैसे ही निर्मल चित्त में वह प्रतिबिंबित होता है।

जहं लगि कर्म फल की आसक्ति, तहं लगि स्वप्न रूप नहीं गति।।१४४।।

जब तक कर्म के फल की आसक्ति रहती है तब तक वह स्वप्नरूप (अस्पष्ट) रहता है।

जैसे कि स्वप्न में बहुत सी अनर्गल बातें और दृश्य जुड़े हुए होते हैं परंतु कुछ भी स्पष्ट नहीं होता। ऐसे ही फल की लालच के कारण मनुष्य को ब्रह्म स्वरूप का स्पष्ट दर्शन नहीं होता।

ब्रह्म लोक की स्पष्ट अनुभूति, छाया-धाम शून्य सम वृत्ति।।१४५।।

ब्रह्मलोक की अनुभूति करने वाला छाया और प्रकाश की तरह सब स्पष्ट देख पाता है और उसकी मनोवृत्तियाँ शून्य हो जाती है।

शुभमतिवान शोक नहीं करहीं, इन्द्रिय भाव संग नहीं राचहीं।।१४६।।

शुभमति वाला साधक सत्य को जानकर शोक नहीं करता और इन्द्रियों के विषयों के साथ नहीं बहता।

उत्पत्ति-नाश निःशंक शरीरा, तामे मोह नहीं करहु धीरा।।१४७।

इस शरीर की उत्पत्ति और नाश निःशंक है, इसलिए धीर पुरुष उसका मोह नहीं रखता।

दृष्टि मति मन वाणी के पारा, सम्यक दर्शन लाभ अपारा।।१४८।।

वह आत्मतत्व दृष्टि, मति, मन और वाणी के पार है। उसके सम्यक दर्शन से अपार लाभ प्राप्त होता है।

परम पद क्या है?

मन मति सह ज्ञानेन्द्रिय स्थिरा, परम अवस्था कहहीं धीरा।।१४९।।

मन, मति और ज्ञानेन्द्रियों के स्थिर हो जाने को धीर पुरुष परम अवस्था कहते हैं।

तेही योग, योग फल तेही, तेही में प्रमाद न करही विदेही।।१५०।।

वही सच्चा योग है और योग का फल है। विदेही पुरुष उसमें प्रमाद नहीं करता।

तत्व भाव से जानहू आत्मा, वाद विवाद न करहीं बुद्धात्मा।।१५१।।

उस आत्मा को तत्वभाव से जानो। ज्ञानी पुरुष, - उस आत्मा का अस्तित्व है या नहीं- ऐसे विवाद में नहीं

पड़ता।

सर्व कामना छूटहीं भाई, त्वरत ही जीव अमर पद पाइ।।१५२।

जिस क्षण सर्वकामनाएं छूट जाती हैं उसी क्षण जीव अमर पद को प्राप्त करता है।

सर्व ग्रंथि मुक्त जन भयउ, अजर अमर तेही आत्मा कहेउ।।१५३।।

जब साधक सर्व ग्रंथि से मुक्त हो जाता है तब वह अजर अमर हो जाता है।

दो.- **इकसोइक है नाड़ियाँ, साधक हृदय की जान।**

मूर्धा छेदी उर्ध्व चढ़े, करे अमरत्व को पान।।८।।

हे साधक! हृदय की एकसौएक नाड़ियाँ हैं। उनमें से एक मूर्धा का भेदन करके बाहर निकली हुई है। उसके द्वारा उर्ध्व गति करने वाला साधक अमरत्व को प्राप्त करता है।

चौ.- **प्राणोत्सर्ग हेतु अन्य जानो, एक परम मुक्ति रूप मानो।।१५४।।**

अन्य नाड़ियाँ प्राणोत्सर्ग हेतु होती हैं। परंतु मूर्धा का भेदन करने वाली सुषुम्णा नाड़ी परम मुक्तिमय है।

उपसंहार

छंद-**अंगुष्ठ मात्र पुरुष जो है अंतरात्मा सर्वदा।**

ते सर्वजीवन के हृदय में स्थित अति शुद्ध अमृतमय सदा।

महाधैर्य से अप्रमाद से जाने पृथक ते देह से।

कहे यम हरेश्वरी नचिकेता को भाव से वात्सल्य से।।८।।

माँ हरेश्वरी कहती हैं कि यम नचिकेता को भाव से और वात्सल्य से ब्रह्म ज्ञान का बोध कराते हुए कहते हैं कि वह अंगुष्ठ मात्र पुरुष जो सर्वदा अंतरआत्मा के नाम से जाना गया है वह सर्व जीवों को जीवन, मनुष्य के हृदय में स्थित, अतिशुद्ध और सदा अमृतमय है। वह देह का परम आश्रय होने पर भी देह से पृथक है। उसे महान धैर्य और अप्रमाद से जानो।

दो.- **धर्मा धर्म शून्य भया मृत्युमुक्त नचिकेत।**
यह अध्यात्म तत्व को जानि बनो अनिकेत।।९।

यमराजा से ब्रह्मविद्या प्राप्त करके नचिकेता धर्म और अधर्म से शून्य बनकर मृत्यु से मुक्त बन गया। हे साधको! अनिकेत (घर-संसार की आसक्ति छोड़कर) बनकर इस अध्यात्म तत्व को जानो।

शांति मंत्र

ॐ सहनाववतु। सहनौ भुनक्तु। सह वीर्यं करवावहै।
तेजस्विनावधीतमस्तु मा विद्‌विषावहै।
ॐ शांतिः शांतिः शांतिः।।

माण्डूक्योपनिषद्

माण्डूक्योपनिषद् अथर्ववेदीय ब्राह्मण भाग के अंतर्गत है। उपनिषदों में यह उपनिषद् सबसे छोटी है। परंतु उसकी महिमा बहुत है। मंडूक ऋषि के नाम पर से इस उपनिषद् का माण्डूक्योपनिषद् नाम पड़ा ऐसा विद्वानों का मत है।

शांति मंत्र

ॐ भद्रं कर्णेभिः श्रुणुयाम देवाः भद्रं पश्येमाक्षभिर्यजत्राः।
स्थिरैरन्ङ्गैस्तुष्टुवागं सस्तनूभिः व्यशेम देवहितम् यदायुः।

हे देवगण! हम कानों से कल्याणमय वचन सुनें, यज्ञकर्म में समर्थ होकर नेत्रों से शुभ दर्शन करें, तथा अपने स्थिर अंग और शरीर से स्तुति करने वाले देवताओं के लिए हितकर आयु का भोग करें। त्रिविध ताप की शांति हो।

स्वस्ति न इन्द्रो वृद्धश्रवाः स्वस्ति नः पूषा विश्ववेदाः।
स्वस्ति नस्ताक्ष्र्यो अरिष्टनेमिः स्वस्ति नो ब्रिहस्पतिर्दधातु
ॐ शान्तिः शान्ति शान्ति।

महान कीर्तिमान इन्द्र हमारा कल्याण करे। परम ज्ञानवान और धनवान पुषा हमारा कल्याण करे। जो अनिष्टों के लिए चक्र के समान घातक है वह गरुड़ हमारा कल्याण करे। तथा ब्रहस्पति हमारा कल्याण करे। त्रिविध ताप की शांति हो।

शांति मंत्र

छंद

हे देव में निजकर्ण से सुनु शुभ दर्शन शुभ करूं।
स्थिर अंग देह से स्तुति करूं आयुष्य उत्तम मैं ग्रहूं।
हे महान इन्द्र रवि गरुड अनिष्ट सर्व काट दो।
हे ब्रहस्पति कल्याण करि काटो त्रिविद संताप को।

ॐ ही सबकुछ है

चौ.- **ॐ अक्षर ही संपूर्ण मानो, अन्य त्रिकालातीत ॐ जानो।।१।।**

ॐ अक्षर संपूर्ण है, अन्य जो कुछ भी वह भी ॐ ही है और वह त्रिकालातीत भी है।

साधक ॐ त्रिकाल परिभाषा, परऽपर की ॐकार ही भाषा।।२।।

हे साधक! जो भूत, भविष्य और वर्तमान है वह ॐकार की व्याख्या है। पर और अपर ब्रह्म का रूप भी ॐअक्षर है।

ॐकार वाच्य ब्रह्म की सर्वात्मकता

देखिय सुनिय समुझी जिय माही, सब में ब्रह्मरूप श्रृति गाई।।३।।

जगत में जो कुछ दिखाई दे रहा है, सुनाई दे रहा है और जो समझ में आता है, वह सब ब्रह्मरूप है-ऐसा वेद कहता है।

चार पाद में तेहि को गाया, चारों में ब्रह्मरूप समाया।।४।।

उस आत्माब्रह्म को वेदों ने चार रूप में गाया है। उन चारों में वह ब्रह्मरूप है।

आत्मा का प्रथम पाद - वैश्वानर

जाग्रत स्थितिमें ते अभिव्यक्ता, बाह्य विषय प्रकाशित अव्यक्ता।।५।।

जाग्रत अवस्था में उसकी अभिव्यक्ति होती है और अव्यक्त रहकर बाहर के विषयों को प्रकाशित करता है।

यहाँ साधक को पाद का अर्थ विभाग करना है। वैसे तो आत्म तत्व अविभाज्य है। परंतु भिन्न भिन्न अवस्थाओ में वह आत्मतत्व विविध रूप से अपनी अभिव्यक्ति करते हैं। इसलिए ऋषि-मुनियों ने जाग्रत, स्वप्न, सुषुप्ति और तूर्या इन चारों अवस्थाओं में आत्मा की जो विविध भूनिका है उसे अलग अलग नाम से समझाने का प्रयत्न किया है।

प्रथम पाद वैश्वानर मानो, सप्त अंग उन्नीस मुख जानो।।६।।

जाग्रत अवस्था प्रथम अवस्था है। उसे वैश्वानर नाम से जानते हैं। उसके सात अंग और उन्नीस मुख हैं।

सात अंग - द्युलोक शिर, सूर्य नेत्र, वायु प्राण, आकाश देह, अन्न (अन्न का कारण रूप जल) मूत्रस्थान और पृथ्वी चरण।

उन्नीस मुख - पांच ज्ञानेन्द्रिय, पांच कर्मेन्द्रिय, पांच वायु तथा मन बुद्धि, चित्त और अहंकार।

जाग्रति में स्थूल विषय का भोक्ता, बहिष्प्रज्ञ भासत गुण युक्ता।।७।।

जाग्रतावस्था में वह स्थूल विषय का भोक्ता है। उसे ऋषियों ने बहिष्प्रज्ञ कहा है तथा वह गुणयुक्त भासित होता

है।

छंद. – **द्युलोक शिर रवि नेत्र वायु प्राण खं मध्य देह है।**

अन्न मूत्र स्थान रु पृथ्वी चरण अग्नि मुख अस सप्त है।

दश इन्द्रियाँ पंच प्राण मन बुद्धि अहं चित्त उन्नीस।

माया के वश तब जीव हरेश्वरी मुक्त जब स्वयं ईश।।२।।

सप्त अंगें में द्युलोक उसका शिर है, रवि नेत्र है, वायु प्राण है, आकाश मध्यशरीर है, अन्न का कारणरूप जल मूत्र स्थान है, पृथ्वी चरण है और अग्नि मुख है। दस इन्द्रियाँ, पंच प्राण, मन, बुद्धि, चित्त और अहंकार ये उन्नीस मुख हैं। माँ हरेश्वरी कहती है कि जब तक वह माया के वश है तब तक जीव है और माया से मुक्त है तब वह स्वयं ईश्वर है।

चौ.– **स्वप्न स्थिति में तैजस जानो, समान अंग और मुख को मानो।।८।।**

उसी आत्मा को स्वप्नावस्था में तेजस नाम से जाना गया है। उसके अंग और मुख भी बहिष्प्रज्ञ के समान ही हैं। (अर्थात सात और उन्नीस)

अंतःप्रज्ञ सूक्ष्म विषय के भोक्ता, शक्तिमान सर्व गुण युक्ता।।९।

स्वप्न स्थिति में उसे अंतःप्रज्ञ नाम से जाना गया है। तब वह सूक्ष्म विषयों को भोगने वाला है। वह सर्वशक्तिमान और सर्वगुण से युक्त है।

सुषुप्त स्थिति में ज्ञान स्वरूपा, नाम प्राज्ञ आनंद का भोक्ता।।१०।।

सुषुप्तावस्था में वह शुद्ध ज्ञान स्वरूप विराजित है

इसलिए उसे प्राज्ञ कहा गया है। जो आनंद का भोक्ता है।

सर्वेश्वर सर्वज्ञ अंतरयामी, उत्पत्ति लय के स्थान से स्वामी।।११।।

वह सर्वेश्वर, सर्वज्ञ, अंतरयामी तथा उत्पत्ति, स्थिति और लय का स्वामी है।

अस तीन रूप आत्मा का गाया, बहिष्-अंतरप्रज्ञ-प्राज्ञ कहाया।।१२।।

इस तरह से आत्मा के तीन रूप बताए हैं। वह अनुक्रम से बहिष्प्रज्ञ, अंतरप्रज्ञ और प्राज्ञ नाम से जाना जाता है।

दक्षिण नेत्र द्वार में विश्वरूपा, तैजस मन के भीतर स्वरूपा।।१३।

वैश्वानर अथवा विश्वरूप का वास दाहिने नेत्र द्वार में है और तैजस का वास मन के भीतर है।

हृदयाकाश में प्राज्ञ विराजे, अस ते तीन प्रकार से राजे।।१४।।

हृदयाकाश में प्राज्ञ रूप विराजित है, इन तीन प्रकार से वह प्रवृत्त रहता है।

स्थूल पदार्थ विश्व करे तृप्ता, सूक्ष्म से तैजस भये संतृप्ता।।१५।।

स्थूल पदार्थों से वैश्वानर तृप्त होता है और सूक्ष्म से तैजस।

आनंद से भये प्राज्ञ की तृप्ति, तीन प्रकार मानो संतृप्ति।।१६।।

आनंद से प्राज्ञ स्वरूप परितृप्त होता है। इन तीन प्रकार से वह आत्मा संतृप्त होता है।

तीन प्रकार भोगों को जाने, भोगे बरु नहीं लिप्त हो तामे।।१७।।

इन तीनों प्रकार के भोगों को विशुद्ध दृष्टि से जो जान लेता है वह भोगने पर भी उनमें लिप्त नहीं होता है।

तुरीय स्वरूप आत्मा

छंद- **कहे विवेकी जन आत्म तत्व न प्रज्ञ है न अप्रज्ञ है।**
अदृष्ट अव्यवहार्य उपशम शांत शिव अरु सुज्ञ है।
अग्राह्य अलक्षण अचिंत्य एकात्मप्रत्ययसार है।
अद्वैत रूप हरेश्वरी बिनु जाने सर्व असार है।।३।।

माँ हरेश्वरी कहती है कि विवेकी जनों के अनुसार आत्म तत्व प्रज्ञ भी नहीं है और अप्रज्ञ भी नहीं है। वह अदृष्ट, अव्यवहार्य, प्रपंचों का शमन करने वाला, शांत, शिव, सुज्ञ, अग्राह्य, अलक्षण, अचिंत्य, एकात्मप्रत्ययसार (सर्व में एक, जगत का कारण और सार स्वरूप), अद्वैत स्वरूप है और उस तत्व को जाने बिना अन्य जो कुछ भी जाना है, वह असार है व निरर्थक है।

आत्मा और उसके पादों के साथ ॐकार और उनकी मात्राओं का तदात्म्य

चौ.- **अक्षर दृष्टि से ॐकार आत्मा, अकार उकार मकार तिन मात्रा।।१८।।**

यह आत्मा अक्षर दृष्टि से ॐकार है। अकार, उकार, मकरा ये तीन मात्राएं ही तीन पाद हैं।

अकार और विश्व का तदात्म्य

आदि मात्रा अकार को जानो, सर्व कामना तुष्टि रूप मानो।।१९।

आदि मात्रा अकार है, जो उपासक वैश्वानर को अकार रूप मानकर उपासना करता है उसकी सर्वकामनाओं की तुष्टि होती है।

स्वप्न स्थान उकार को मानो, ज्ञानी संतति वृद्धि रूप जानो।।२०।।

स्वप्न जिसका स्थान है ऐसे तैजस को उकार मानकर जो उपासना करता है उसके ज्ञानी संतान की वृद्धि होती है।

लयकारण मात्रा है तीसर, लय संपूर्ण नहीं मारग दूसर।।२१।।

सुषुप्ति जिसका स्थान है ऐसे प्राज्ञ को तीसरी मात्रा मानकर जो उपासना करता है उसकी मनोवृत्तियों का संपूर्ण लय हो जाता है।

अमात्रा और आत्मा का तदात्म्य

मात्रा रहित आकार तुरिय, तेहि सुमिरि निज स्वरूप स्मरीय।।२२।।

मात्रा रहित आकार आत्मा की तुरिय अवस्था का प्रतीक है (इस प्रकार ॐकार ही आत्मा है)। जो साधक इस सत्य को जान लेता है वह ॐ का स्मरण करते हुए निजात्मास्वरूप हो जाता है।

सर्व प्रपंच मुक्त शिवरूपा, शम अरु शांत अद्वैत अरूपा।।२३।।

आत्मा का तूरिय स्वरूप प्रपंच मुक्त, शिवरूप, शम, शांत अद्वैत और अरूप है।

शांति मंत्र

ॐ भद्रं कर्णेभिः श्रुणुयाम देवाः भद्रं पश्येमाक्षभिर्यजत्राः।
स्थिरैरन्ङ्गैस्तुष्टुवागं सस्तनूभिः व्यशेम देवहितम् यदायुः।
स्वस्ति न इन्द्रो वृद्धश्रवाः स्वस्ति नः पूषा विश्ववेदाः।
स्वस्ति नस्ताक्ष्र्यो अरिष्टनेमिः स्वस्ति नो ब्रिहस्पतिर्दधातु
ॐ शान्तिः शान्ति शान्ति।

मुण्डकोपनिषद्

मुण्डकोपनिषद् अथर्वेद के मंत्रमार्ग अंतरगत है। मुण्डक का अर्थ होता है - वृक्ष का तना तथा एक अर्थ होता है- मस्तक। इस मुण्डक शब्द के आधार पर मुण्डकोपनिषद् ऐसा नामकरण हुआ।

शांति मंत्र

ॐ भद्रं कर्णेभिः श्रुणुयाम देवा भद्रं पश्येमाक्षभिर्यजत्राः।
स्थिरैरन्ङ्गैस्तुष्टुवागं सस्तनूभिः व्यशेम देवहितम् यदायुः।

हे देवगण! हम कानों से कल्याणमय वचन सुनें, यज्ञकर्म में समर्थ होकर नेत्रों से शुभ दर्शन करें, तथा अपने स्थिर अंग और शरीर से स्तुति करने वाले देवताओं के लिए हितकर आयु का भोग करें। त्रिविध ताप की शांति हो।

स्वस्ति न इन्द्रो वृद्धश्रवाः स्वस्ति नः पूषा विश्ववेदाः।
स्वस्ति नस्ताक्ष्र्यो अरिष्टनेमिः स्वस्ति नो ब्रिहस्पतिर्दधातु
ॐ शान्तिः शान्ति शान्ति।

महान कीर्तिमान इन्द्र हमारा कल्याण करे। परम ज्ञानवान और धनवान पुषा हमारा कल्याण करे। जो अनिष्टों के लिए चक्र के समान घातक है वह गरुड़ हमारा कल्याण करे। तथा ब्रहस्पति हमारा कल्याण करे। त्रिविध ताप की शांति हो।

शांति मंत्र

छंद

हे देव में निज कर्ण से सुनु शुभ दर्शन शुभ करूं।
स्थिर अंग देह से स्तुति करूं आयुष्य उत्तम मैं ग्रहूं।
हे महान इन्द्र रवि गरुड अनिष्ट सर्वे काट दो।
हे ब्रहस्पति कल्याण करि काटो त्रिविद संताप को।

प्रथम मुण्डक

प्रथम खंड

आचार्यपरम्परा

चौ.- **ब्रह्मा सर्वप्रथम जग भयउ, ब्रह्मविद्या निज सुत को दयउ।।१।।**

इस जगत में सर्वप्रथम ब्रह्मा उत्पन्न हुए। उन्होंने अपने पुत्र को ब्रह्मविद्या दी।

तेहि का नाम अथर्वा जेष्ठा, ज्ञान गुण विद्या में श्रेष्ठा।।२।।

उसका नाम अथर्वा था, वह सबमें बड़ा एवं गुण, ज्ञान तथा विद्या में श्रेष्ठ था।

अङ्गी को अथर्वा दीन्हा, तेही से भारद्वाज पुनि लीन्हा।।३।।

बाद में अथर्वा ने अङ्गी को ब्रह्मविद्या प्रदान की, अंङ्गी से भारद्वाज ने यह विद्या प्राप्त की।

तेही ने अङ्गीरा सन गाया, अस उत्तरोत्तर विद्या आया।।४।।

भारद्वाज ने अङ्गीरा को यह विद्या प्रदान की। इस तरह उत्तरोत्तर यह विद्या प्रदान करने के लिए गुरु-शिष्य परंपरा आगे बढ़ी।

महागृहस्थ संत शौनक सिद्धा, वेद पुराण में परम प्रसिद्धा।।५।।

महागृहस्थ सिद्ध संत शौनक वेद पुराण में प्ररम

प्रसिद्ध है।

अङ्गीरा से विनय सह पूछहूं, विधिपूर्वक प्रश्न एक करहूं।।६।।

एक बार उन्होंने अङ्गीरा से विनय और विधि पूर्वक एक प्रश्न पूछा।

दो.- **हे भगवन! कहहूं मुझे, यह विज्ञान हे नाथ।**
जेहि जाने सब जानहीं, जासे भयहुं सनाथ।।१।।

हे भगवन! मुझे ऐसा विज्ञान बताओ कि जिसको जान लेने से मनुष्य सबकुछ जान ले। जिससे मैं सही अर्थ में सनाथ बनूं।

अङ्गीरा का उत्तर

चौ.- **कह अंङ्गीरा शौनक सनहू, दो विद्या ज्ञान योग्य कहहूं।।७।।**

अङ्गीरा ने शौनक से कहा कि हे अङ्गीरा! दो विद्या जानने योग्य हैं।

एक परा दूजी अपरा ते, तेहि बखानुं सुनु ध्यान से ताते।।८।।

एक परा और दूसरी अपरा। हे तात! मैं वो बता रहा हूँ, तू ध्यान से सुन।

वेद और वेदांग जे कहहीं, तेहि को अपरा विद्या मानहीं।।९।।

वेद और वेदांग जिसकी बात कर रहे हैं उसे अपरा विद्या समझो।

पर से अक्षर ब्रह्म का ज्ञाना, तेहि में समाहित ज्ञान विज्ञाना।।१०।।

पर विद्या से अक्षर (जिसका नाश नहीं होता) ब्रह्म का ज्ञान होता है और ज्ञान-विज्ञान दोनों का उसमें ही समावेश हो जाता है।

पर विद्या का स्वरूप

छंद- **अदृश्य अग्राह्य अगोत्री अवर्ण इन्द्रिय ते परे।**
ते नित्य विभू अत्यंत सूक्ष्म सर्वगत सर्वजग धरे।
अव्यय अनंत अपार सर्वभूत परम कारण रूप जे।
अस जाने परम विवेकी देखे सर्वदा सर्व स्थान ते।।१।।

इस पराविद्या में परब्रह्म का बोध घटित होता है। वह ब्रह्म अग्राह्य (जो पकड़ में ना आ सके ऐसा), अगोत्री (जाति और गोत्र के पार), अवर्ण (रूप और रंग के पार), इन्द्रियों के पार, नित्य, विभू, अत्यंत सूक्ष्म, सर्वगत (सर्वव्यापी), सर्वजगत को धारण करने वाला, अव्यय (कभी क्षीण न होने वाला), अनन्त, अपार, सर्वभूत (जीव प्राणीमात्र में निवास करने वाला) और जगत का परमकारण स्वरूप है। परम विवेकी मनुष्य इस सत्य को जानकर उसे सर्वदा सर्वस्थानों में देखते हैं।

उपसंहार

चौ.- **परम ज्ञानमय ब्रह्म विशेषज्ञा, तासे नाम-रूप अन्न उत्पन्ना।।१३।।**

परब्रह्म, परमज्ञानमय और विशेषज्ञ है। उससे ही नाम, रूप और अन्न आदि उत्पन्न हुआ है।

द्वितीय खंड

कर्मनिरूपण

चौ.- **ऋषिगण कर्म मंत्र को साधा, वेदत्रयी में ते विख्याता।।१४।**

महान ऋषियों ने विविध कर्म के लिए विविध मंत्रों की साधना की। जो वेदत्रयी में विख्यात हैं।

प्यारे साधको! यहाँ कर्म और मंत्र का अर्थ उचित कर्मफल के लिए रचे हुए मंत्र ऐसा करना है। मंत्र का एक दूसरा अर्थ मंत्रणा भी है। जिसका अर्थ सलाह, उपदेश, परामर्श ऐसा होता है। यदि यहाँ वेद के ऋषि मुनियों ने मनुष्य को श्रेष्ठ जीवन जीने के लिए और उचित कर्म तथा उचित फल प्राप्ति के लिए मंत्रों के रूप में उपदेश दिया है-ऐसा अर्थ करें तो भी अनुचित नहीं है।

उपनिषद्, गीता और ब्रह्मसूत्र - ये तीनों ग्रंथों को मिलाकर वेदत्रयी नाम दिया जाता है।

अक्षर ब्रह्म विश्व का कारण

दो. - **मकड़ी जाल बुने निगले, पृथ्वी में औषधी जान।**

सजीव पुरुष में केश लोम, तस अक्षर से जग मान॥२॥

जिस तरह मकड़ी कुदरती रूप से जाल को बुनती है तथा निगलती है, पृथ्वी में औषधियाँ अपने आप उग निकलती हैं और सजीव पुरुष में केश और रोम सहजता से आते रहते हैं वैसे ही अक्षर ब्रह्म से जगत की उत्पत्ति को मान।

सृष्टिक्रम

चौ.- **तप से स्थूल जग तासे अन्ना, अन्न से मन सत्य लोक कर्म नाना॥११॥**

तप से स्थूल जगत उत्पन्न हुआ उससे अन्न, अन्न से मन, मन से पंचमहाभूत, उससे लोक और लोक से विविध कर्म उत्पन्न हुए।

कर्म से अनन्त कर्म फल होई, परम सत्य समझे धीर कोई॥१२॥

कर्म से कर्म का अंतहीन फल उत्पन्न हुआ। इस परम सत्य को कोई धीर पुरुष ही समझ सकता है।

कर्म प्रकार त्रेता विस्तारा, रूप अनेक तेहि फल भी अपारा॥१५॥

त्रेता युग में कर्म के प्रकारों का विस्तार हुआ। उन कर्मों के अनेक रूप और अपार फल भी बताए गए हैं।

करी आचरण सत्य को पाओ, उत्तम फल को प्राप्त हो जाओ॥१६॥

शास्त्र कथित नियमों का आचरण करके सत्य और उत्तम फल को प्राप्त कर लो।

ज्ञान रहित कर्म निरर्थक

चौ.- **केवल परम ज्ञान है शाश्वत, यज्ञ कर्म सब साधन नाश्वंत॥१७॥**

केवल परम ज्ञान ही शाश्वत है। यज्ञ कर्म आदि सब साधन नाश्वंत हैं।

मूढ बाह्यज्ञान को ग्रहहीं, जरा मृत्यु तेहि पुनि पुनि ग्रसहीं॥१८॥

मूढ मनुष्य केवल बाहरी ज्ञान की बातों को पकड़ता है और बार बार वृद्धावस्था और मृत्यु का शिकार होता है।

अविद्याग्रस्त कर्मठों की दुर्दशा

चौ.- **निज को बुध बड़ पंडित माने, लख चौरासी जीव ते जावे॥१९॥**

मूर्ख लोग स्वयं को बड़े बुद्धिमान और पंडित मानते हैं परंतु पराविद्या के अभाव में वे चौरासी लाख योनियों में भटकते हैं।

ग्रस्त अविद्या से मूढ जना, अंधा ठेले अंध समाना।।२०।

मूढ लोग अविद्या से ग्रस्त होते हैं। उनके सब कर्म अंधा अंधे को पथदर्शन कराए ऐसा होता है।

तत्वज्ञान बिनु याग है विफला, अभिमानी मूढ भए न सफला।।२१।।

तत्वज्ञान के बिना यज्ञ-याग विफल जाते हैं। अभिमानी और मूढों को ऐसे कार्य में सफलता नहीं मिलती।

शांत विद्वान तप श्रद्धा सहिता, भिक्षा वृत्ति से तृप्त निजहीता।।२२।।

आत्मकल्याण के लिए शांत, विद्वान, तपस्वी तथा श्रद्धा से जीने वाला भिक्षावृत्ति से जीवन निर्वाह करता है।

सूर्यद्वार से ते गति करहीं, पाप रहित अमृत में मिलहीं।।२३।।

ऐसे लोग प्रकाश मार्ग (उत्तरायन) से गति करते हैं (देह त्याग करते हैं) और निष्पाप होकर अमृत में विलीन हो जाता है।

यह संसार है अनित्य अस्थिरा, जानी द्विज निर्वेद में स्थिरा।।२४।।

यह संसार अनित्य और अस्थिर है, ऐसा जानकर द्विज (ज्ञान के द्वारा जिसका इसी जन्म में दूसरा जन्म हो गया है) निर्वेद (संपूर्ण साक्षी अवस्था) में स्थिर हो जाता है।

ब्रह्मनिष्ठ गुरु मिलहीं जबहीं, नित्यतत्व प्राप्ति भए तबहीं।।२५।।

जब ब्रह्मनिष्ठ गुरु मिलते हैं तब साधक को नित्यतत्व (ब्रह्म) की प्राप्ति होती है।

शांत जितेन्द्रिय राग नहीं लेशा, तब प्रबुद्ध गुरु शिष्य उपदेशा।।२६।।

जब शिष्य शांत, जितेन्द्रिय और राग से मुक्त हो जाता है तब गुरु शिष्य को उपदेश देते हैं।

अक्षर पुरुष का बोध करावे, शिष्य सदेही ब्रह्म को पावे।।२७।।

अक्षर ब्रह्म का बोध कराते हैं और शिष्य सदेह ही ब्रह्म को प्राप्त करते हैं।

प्रथम मुण्डक समाप्त

द्वितीय मुण्डक

प्रथम खंड

अग्नि से चिंगारियों के समान ब्रह्म से जगत की उत्पत्ति

चौ.- **अनल से जस चिंगारी उमटे, तस अक्षर से भाव सब प्रगटे।।२८।।**

जिस तरह अग्नि में से चिंगारियाँ स्वतः प्रस्फुटित होती हैं इसी प्रकार अक्षर ब्रह्म में से सब प्रकार के भाव प्रगट होते हैं।

पुनि ते तेहि में शांत हो जाई, अस प्रबुद्ध जन वेद कहे भाई।।२९।

फिर उसमें ही शांत हो जाते हैं। ऐसा वेद और प्रबुद्ध

लोग कहते हैं।

दो.- **ते निश्चय अति दिव्य है, पुरुष अमूर्त अप्राण।**

अंतरबहिर ते व्यापहु, अतिशुद्ध मनहीन जान।।३।।

हे ब्रह्म पुरुष! वह निश्चय ही दिव्य, अमूर्त और प्राणों के पार है। वह अंतरबहिर व्याप्त है। उसे अतिशुद्ध और मनहीन जानो।

चौ.- **तेहि से पंच प्राण पंच भूता, सब इन्द्रिय मन पृथ्वी संभूता।।३०।।**

उससे ही पंच प्राण, पंच महाभूत, दस इन्द्रियां, मन और पृथ्वीलोक आदि उत्पन्न हुए हैं।

ब्रह्म का विश्वरूप

चौ.- **अग्नि शीर रवि शशि जेहि नेत्रा, दिशाकर्ण वाणी श्रुति मंत्रा।।३१।**

अग्नि उसका शीर है, सूर्य-चंद्र उसके नेत्र हैं, दिशा कर्ण है, वाणी वेदमंत्र है,...

वायु प्राण विश्व जेहि हृदया, पाद से पृथ्वी सर्वभूत बसिया।।३२।

... वायु उसका प्राण है, विश्व उसका हृदय है, चरण पृथ्वी है और सर्वभूतो में उसका वास है।

सूर्य समिध अग्नि का कारण, सोम से मेघ औषधि अकारण।।३३।।

उस पुरुष से ही, सूर्य जिसका समिधा है वह अग्नि उत्पन्न हुआ है। सोम से मेघ और मेघ से पृथ्वीतल में

औषधियाँ सहज रूप से उत्पन्न होती हैं।

तासे नर करे बीजारोपण, नारी गर्भवती अन्य न कारण।।३४।।

उस अन्न और औषधियों से नर के शरीर में वीर्य बनता जिसे वह नर नारी के गर्भ में सींचकर बीजारोपण करता है और सृष्टिक्रम आगे बढ़ता है।

तेहि वेद सबलोक अरु काला, तेहि से जगरूप विटप विशाला।।३५।।

वह ब्रह्म ही वेद, सर्वलोक काल और यह विराट जगतरूप वृक्ष है।

दो.- **ऋचा, साम, यजु, दीक्षा अरु, यज्ञ क्रतु दक्षिणा मान।**
संवत्सर यजमान लोक, सूर्य चंद्र तेहि जान।।४।।

ऋचाएं, साम, यजु, दीक्षा, संपूर्ण यज्ञ, क्रतु, दक्षिणा, संवतसर, यजमान, लोक और जहाँ तक चंद्रमा तथा सूर्य का प्रकाश है वह सब उत्पन्न हुए हैं।

तेहि से सर्व देव नर अन्या, जीव जंतु पशु पंछी धान्या।।३६।।

उसी ब्रह्म से सर्वदेव, मनुष्य, अन्य जीव-जंतु तथा पशु-पंछियों का जीवन है और इन जीवों से पृथ्वी धन्य है।

सप्त प्राण सप्त दीप्ती, समिधा, होम पदार्थ स्थान सप्त विधा।।३७।।

सप्त प्राण, सप्त दीप्ति, सप्त समिधा, सप्त होम, सप्त स्थान और सप्त विद्या - ये सब उस ब्रह्म पुरुष से उत्पन्न हुए हैं।

सर्व समुद्र पर्वत अरु सरिता, औषधि रस भूतो में रहिता।।३८।।

सर्व समुद्र, पर्वत, नदियाँ, औषधि, रस आदि उसी ब्रह्म से प्रगट हुए हैं। वह रस सर्वभूतों के अंतरात्मा में स्थित है।

सर्व जगत कर्म ज्ञान सब पुरुषा, वही परब्रह्म अमृत अंतरिक्षा।।३९।।

सर्वजगत, कर्म और ज्ञान वह ही है। वही परब्रह्म अमृतरूप और अंतरिक्ष में निवास करने वाला है।

ग्रंथि अविद्या छेदन करहीं, जासे सर्व मोह भ्रम मिटहीं।।४०।।

हे साधक! अविद्या रूपी ग्रंथी का छेदन कर जिससे तेरा मोह तथा भ्रम मिट जाए।

प्रथम खंड समाप्त

द्वितीय खंड

ब्रह्म का स्वरूपनिर्देश तथा जानने के लिए आदेश

चौ.-**ब्रह्म प्रकाशरूप परमात्मा, परम गुहाचर सब की आत्मा।।४१।।**

वह ब्रह्म प्रकाश स्परूप परमात्मा है और हृदय रूपी परम गुफा में विहार करने वाला तथा सबकी आत्मा है।

चलन श्वसन निमेश उन्मेशा, सर्व समर्पित तेहि परमेशा।।४२।।

इसी में चलने वाले, प्राणनन करने वाले और

निशोन्मेश करने वाले सब समर्पित हैं।

तेहि सद्रूप प्रार्थनीय जानो, लौकिक ज्ञान से पर ते मानो।।४३।।

उसे सद्रूप, प्रार्थनीय और लौकिक ज्ञान से परे जानो।

तेजोमय अति अणु से सूक्ष्मा, तेहि वाक् प्राण मन तेहि की उष्मा।।४४।।

उसे अति तेजोमय, अणु से भी सूक्ष्म, वाक्, प्राण तथा मन की शक्ति मानो।

वेधन कर तेहि मनोनिवेश से, सत्यामृत अविनाशी पद से।।४५।।

मनोनिवेश के द्वारा (उसमें मन पिरोकर), उसका वेधन करो और सत्यामृत अविनाशी पद को प्राप्त करो।

ब्रह्मवेधन विधि

चौ.-**उपनिषद् प्रत्यंचा साधो, उपासना अरु तीर को लाधो।।४६।।**

उपनिषद् रूपी प्रत्यंचा को साधो और उपासना द्वारा तीक्ष्ण किया हुआ बाण चढाओ।

पुनि संधान करि करो लक्ष्यवेधा, तेहि परम उपाय संविधा।।४७।।

फिर संधान करके भावानुगत चित्त से अक्षर रूप लक्ष्य को प्राप्त करो। यही परम नीति है।

प्रणव धनु आत्मा शर मानो, ब्रह्म लक्ष्य के भेद को जानो।।४८।।

प्रणव धनुष्य है, आत्मा बाण है और ब्रह्म उसका

लक्ष्य कहा गया है।

अन्य छांडी भजो केवल आत्मा, लोक प्राण अंतरिक्ष परमात्मा।।४९।।

अन्य सब बातों को छोड़कर सर्व लोक प्राणस्वरूप, अंतरिक्ष में बसे हुए परमात्मा को भज लो।

जैसे चक्र नाभि में आरे, हृदयमध्य तस नाड़ी अपारे।।५०।

जैसे चक्र की नाभि में आरे होते हैं उसी प्रकार हृदय के भीतर संपूर्ण नाड़ियाँ एकत्रित होती हैं।

तेहि के मध्य संचलित सोई, संचालन करी सके न कोई।।५१।।

आत्मा के बल से हृदय के मध्य में संचालन होता है। ऐसा संचालन और कोई नहीं कर सकता।

ॐ स्वरूप करो आत्मा ध्याना, पार करो तम रूप अज्ञाना।।५२।।

उस आत्मा को ॐ स्वरूप मानकर उसपर ध्यान करो और अज्ञानरूपी अंधकार को पार कर जाओ।

ब्रह्मचिंतन

छंद - **सर्वज्ञ सर्ववित् परम महिमा, पृथ्वी में ते अपार है।।**
वह दिव्य आत्मा ब्रह्मपुर, आकाश में स्थित सार है।
ते परम वाहक सूक्ष्मवपु का, हृदय आश्रय देहि है।
साक्षातकार हरेश्वरी कर, सर्व का जो स्वामी है।।१।।

वह ब्रह्म सर्वज्ञ, सर्ववित्त परम महिमावान, पृथ्वी में

अपार रूप से रहने वाला है। वह दिव्य आत्मा ब्रह्मपुर रूपी आकाश में स्थित है। वह ब्रह्म सूक्ष्म शरीर का परम वाहक है तथा हृदय और शरीर का आश्रय है। माँ हरेश्वरी कह रही है कि ऐसे ब्रह्म का साक्षात्कार कर जो सर्व का स्वामी है।

ब्रह्मसाक्षात्कार का फल

दो.- **हो साक्षात्कार ब्रह्म का तो हृदय ग्रंथि छूटि जाई।।**

संशय सब ही नष्ट हो क्षीण कर्म सब भाई।।५।।

जब ब्रह्म साक्षात्कार होता है तो हृदय की सारी ग्रंथियाँ छूट जाती हैं, सर्व संशय नष्ट हो जाते हैं और सारे कर्म क्षीण हो जाते हैं।

ज्योर्तिमय ब्रह्म

चौ.- **ते निर्मल कलापर ब्रह्म, ज्योर्तिमय ते परम पर ब्रह्म।।५३।।**

वह ब्रह्म निर्मल, ज्योतिर्मय, पर, परम तथा सर्व कलाओं से पर है।

केवल आत्माज्ञानी जन जानहीं, शुद्ध संपूर्ण वेद जस मानहीं।।५४।।

जो परम शुद्ध है, संपूर्ण वेद जिसे मानते हैं एसे ब्रह्म को केवल आत्मज्ञानी मनुष्य ही उसे जान सकता है।

ब्रह्म का सर्वप्रकाशत्व

चौ.- **तहं नहीं रवि शशि नक्षत्र तारे, दामिनी द्युति तहं नहीं ते अपारे।।५५।।**

वहाँ सूर्य, चंद्र, नक्षत्र, तारे या बिजली का कौंधना भी नहीं है। वह ब्रह्म अपार और सर्वशक्तिमान है।

तेहि से प्रकाशित लोक सब भाई, सर्व दिशा में ब्रह्म समाई।।५६।।

उस ब्रह्म के प्रकाश से ही सर्वलोक प्रकाशित होते हैं और वह सर्वदिशा में समाया हुआ है।

तृतीय मुण्डक

प्रथम खंड

समान वृक्ष पर रहने वाले दो पक्षी

चौ.- **साथ समान दो पंछी रहहीं, एक ही वृक्ष पर दोउ ते बसहीं।।५७।।**

एक ही वृक्ष पर एकसाथ दो समान पंछी बसते हैं।

एक मधुर फल रस से खावहीं, दूसर साक्षी रहे नहीं भोगहीं।।५८।

उनमें से एक मधुर फल के रस को खाता है और दूसरा फलों को नहीं भोगकर साक्षी रहता है।

दोउ प्रतीक प्रबुद्ध जन जानो, ईश्वर जीव भेद पहचानो।।५९।।

हे प्रबुद्ध साधको! दोनों को प्रतीक रूप समझो और

इस प्रतीक के द्वारा ईश्वर और जीव के भेद को पहचानो।

ईश्वर संग रही जीव करे शोका, निज स्वभाव से दुख सुख लोका।।६०।।

ईश्वर के साथ रहकर भी जीव शोक करता है और लोक में अपने स्वभाव के कारण सुख-दुःख भोगता है।

जे जाने महिमा ईश्वर की, तेहि न मोह माया नश्वर की।।६१।।

जो ईश्वर की महिमा को जानता है उसे नश्वर चीजों की मोह माया नहीं होती।

जे जाने ब्रह्म रूप को भाई, पाप पुण्य से पर हो जाई।।६२।।

जो ब्रह्मरूप को जानता है वह पाप पुण्य से पर हो जाता है।

निर्मल मन समता हृदय में, शोक मोह मत्सर नहीं तामे।।६३।।

ऐसा साधक निर्मल हृदय का होता है, उसके हृदय में समता होती है, उसे शोक, मोह और मत्सर नहीं होता।

आत्मदर्शन के साधन

दो.- **सत तप सम्यकज्ञान अरु ब्रह्मचर्य से प्राप्य।**
योगी जन ते पावहीं अन्य आत्मा अप्राप्य।।६।।

सत्य, तप, सम्यकज्ञान और ब्रह्मचर्य से आत्मदर्शन होता है। योगीजन ही उसे प्राप्त कर सकते हैं। अन्य के लिए वह अप्राप्य है।

चौ.- **ज्योतिर्मय अति शुभ्र स्वरूपा, नित्य अगोचर ते सूक्ष्म रूपा।।६४।।**

वह आत्मा ज्योतिर्मय, अति शुभ्र, नित्य, सूक्ष्म और अगोचर (इन्द्रियों की पकड़ में ना आने वाला) है।

सत्य की महिमा

चौ.- **सत्य सदा ही विजय को पावे, तेही से देवलोक जीव जावे।।६५।।**

सत्य हमेशा विजय दिलाता है, उससे जीव देवलोक को प्राप्त करता है।

आप्तकाम ऋषि पावे तेही, सत्य निधान सदा बस जेही।।६६।।

आप्तकाम (जिसकी सारी कामनाएं समाप्त हो चुकी हैं) ऋषि उस पद को प्राप्त होते हैं जहाँ सत्य का परम भण्डार बसा है।

परम पद स्वरूप कैसा है?

चौ.- **अति महान दिव्य अचिंत्या, अति सूक्ष्म निकट दूर विनित्या।।६७।।**

वह अति महान, दिव्य, अचिंत्य, अति सूक्ष्म, निकट, दूर तथा विशेष रूप से नित्य बसा हुआ है।

बुद्धि गुहा में सदा बिराजे, प्रति चेतन के संग में राजे।।६८।

वह बुद्धि रूपी गुफा में सदा बिराजित और प्रत्येक प्राणी के शरीर में विद्यमान है।

चित्त शुद्धि - आत्मसाक्षात्कार का असाधारण साधन

चौ.- **गो तप कर्म काम नहीं आवे, जीव प्रमाद से मुक्त हो जावे।।६९।।**

आत्मसाक्षात्कार के लिए इन्द्रियाँ, तप, कर्म (यज्ञ कर्मादि) काम के नहीं है। जीव जब प्रमाद से मुक्त हो जाता है तभी आत्मसाक्षात्कार संभव है।

चित्त शुद्धि बिना असंभव, पूर्ण ज्ञान से ते बने संभव।।७०।

चित्त शुद्धि के बिना वह असंभव है और वह पूर्ण ज्ञान से ही संभव बनता है।

पंचप्राणगृह में जे प्रविष्टा, ते आत्मा का स्वरूप विशिष्टा।।७१।।

पंच प्राणवाले घर में जो आत्मा प्रवेश करता है उसका स्वरूप विशिष्ट है।

अति विशुद्ध विज्ञान से जानो, सर्व चित्त में व्याप्त ते मानो।।७२।।

वह अति विशुद्ध और विज्ञानमय है उसे सर्वचित्त में व्याप्त मानो।

चित्त शुद्धि होहीं जब साधक, तब ते प्रकाशित कछु नहीं बाधक।।७३।।

जब चित्त की शुद्धि हो जाती है तब वह प्रकाशित हो जाता है और कुछ भी विघ्नरूप नहीं रहता।

ते विशुद्ध चित्त जे जे चाहहीं, ते ते भाव अनुरूप पावहीं।।७४।।

आत्मवेत्ता विशुद्ध चित्त से जिस जिस लोक की भावना करता है और जिन जिन भोगों को चाहता है वह अनुरूप ही उनको प्राप्त करता है।

साधक जो तुम ऐश्वर्य चहहुं, आत्मज्ञानी पूजी पद लहहूं।।७५।।

हे साधक! जो तू ऐश्वर्य को चाहता है तो आत्मज्ञानियों की पूजा करके उस पद को प्राप्त कर ले।

आत्मवेत्ता की पूजा का फल

छंद- **यह जगत जेहि अर्पित परम आश्रय विशुद्ध रूप भासही।।**
ते परम रूप को प्रतिपल आत्मज्ञ पुरुष उपासहीं।।
बुध जन अतिक्रमी वीर्य को निजरूपांतर नित पावहीं।।
आवागमन से मुक्त तेहि सेवा से पार हो जावहीं।।२।।

वह आत्मज्ञ पुरुष इस परम आश्रय रूप जिसमें यह जगत अर्पित है और जो स्वयं विशुद्ध रूप से भासित हो रहा है ऐसा जानता है, ऐसे आत्मज्ञ पुरुष की जो बुद्धिमान लोग उपासना करते हैं वे वीर्य का अतिक्रमण करके (अपनी शक्ति को अध्यात्म की ओर मोड़कर) रूपांतरित हो जाते हैं और आवागमन से मुक्त हो जाते हैं।

निष्काम भाव से पुनर्जन्म से निवृत्ति

चौ.– **भोग विषय का चिंतन करहीं, जीव तहां तहां देह को धरहीं।।७६।।**

जीव जिस जिस भोग विषयों का चिंतन करता है उसके अनुसार शरीर को प्राप्त होता है।

आप्तकाम नर धन्य हो जावहीं, परम मुक्ति पृथ्वी पर पावहीं।।७७।।

आप्तकाम मनुष्य धन्य हो जाता है और पृथ्वी पर ही परम मुक्ति को प्राप्त कर लेता है।

आत्मदर्शन का प्रधान साधन – जिज्ञासा

छंद – **शास्त्राध्ययन अरु प्रवचन से आत्मस्वरूप न पावहीं।।**

अति श्रवण शक्ति अरु मेधा काम तहं नहीं आवहीं।

परमात्म प्राप्ति की अति इच्छा रैन दिन जे नर करे।

इच्छा से तेहि इच्छित पावे स्वतः व्यक्त निज को करे।।।३।।

शास्त्राध्ययन अथवा प्रवचन से आत्मस्वरूप का बोध नहीं होता। अति श्रवण अथवा मेधा भीं वहाँ काम नहीं आती। जो मनुष्य परमात्म प्राप्ति की रात–दिन इच्छा करता है उस इच्छा से वह इच्छित फल को प्राप्त करता है और ऐसे

साधको के सामने आत्मा स्वतः अपने स्वरूप को स्पष्ट कर देता है।

दो. - **आत्मतत्व को प्राप्त करी कृतकृत्य होई विरक्त।**

ज्ञानतृप्त प्रशांत भए ऋषिगण जे निजभक्त।।७।।

इस आत्म तत्व को प्राप्त कर ऋषिगण कृतकृत्य, ज्ञानतृप्त, विरक्त और प्रशांत हो जाते हैं और विशेष आत्मोपासक बनते हैं।

सर्वगत ब्रह्म को जानि के समाहित चित्त जे होई।

सर्वरूप ब्रह्म प्रवेश करे मृत्युकाल में सोई।।८।।

जो धीर पुरुष सर्वगत ब्रह्म को जानकर समाहित चित्त हो जाता है वह अंतकाल में सर्वरूप ब्रह्म में प्रवेश करता है।

चौ.- **उपनिषद् विज्ञान जे जाना, तेहि संन्यासी की मुक्ति माना।।७८।।**

जिसने उपनिषद् विज्ञान को जाना है उस सन्यासी की मुक्ति होती है।

परम यत्न से शुद्ध चित्त युक्ता, अमर भए भए सब से मुक्ता।।७९।

जो परम यत्न से शुद्ध चित्त हो जाता है वह सबसे मुक्त होकर अमर हो जाता है।

मोक्ष का स्वरूप

चौ.- **देहारंभक तत्व स्थिर होई, अपने आशय में स्थिर तेई।।८०।।**

जब प्राणादि देहारंभक तत्व अपने आश्रयों में स्थिर हो जाते हैं ....

इन्द्रियगण प्रति देव में लीना, सत् चित्त आदि नहीं तत्व से भिन्ना।।८१।।

इन्द्रियों के देवगण प्रतिदेवता में लीन हो जाते हैं तथा सत् चित् आदि आत्म तत्व से भिन्न नहीं रहते...

केवल एक रूप जब रहहीं, प्रबुद्ध परम मोक्ष ते कहहीं।।८२।।

तथा केवल एकरूपता का ही अनुभव होता है उस अवस्थआ को प्रबुद्ध जन मोक्ष कहते हैं।

ब्रह्मप्राप्ति की स्थिति

चौ.- **विविध सरि सागर में समाई, नाम रूप से मुक्त हो जाई।।८३।।**

जिस तरह से विविध नदियाँ समुद्र में समाकर अपने नाम-रूप से मुक्त हो जाती हैं ...

तस प्रबुद्ध रूप गुण से मुक्ता, रहे परात्पर दिव्य तत्व युक्ता।।८४।।

ऐसे ही प्रबुद्ध पुरुष रूप, गुण आदि के अभिमान से मुक्त होकर केवल परात्पर दिव्य तत्व युक्त हो जाता है।

ब्रह्म उपासे ब्रह्म रूप होई, पाप शोक को पार कर सोई।।८५।।

ब्रह्म की उपासना करने से साधक ब्रह्मरूप को प्राप्त होता है तथा पाप तथा शोक के पार हो जाता है।

तेहि कुल नहीं अब्रह्मवित्त होई, ग्रंथि मुक्त अमरत्व को पाई।।८६।।

ऐसा साधक सर्वप्रकार से ग्रंथि मुक्त होकर अमरत्व को प्राप्त कर लेता है और उसके कुल में कोई अब्रह्मवित्त नहीं होता।

विद्या का अधिकारी कौन?

चौ.- **ब्रह्मनिष्ठ श्रद्धालु होई, तेहि अधिकारी अन्य नहीं कोई।।८७।।**

ब्रह्म में जिसकी पूर्ण निष्ठा है और जिसका हृदय श्रद्धालु है वही ब्रह्म विद्या का अधिकारी है, अन्य नहीं।

उपसंहार

चौ.- **पुनः पुनः परमर्षि को वंदहूं, मण्डुक उपनिषद् मैं विरमवहूं।।८८।।**

मैं बार बार परमर्षि (उच्चकोटि का ऋषि) को वंदन करके मण्डुक उपनिषद् का विराम करती हूँ।

शांति मंत्र

ॐ भद्रं कर्णेभिः श्रुणुयाम देवा भद्रं पश्येमाक्षभिर्यजत्राः।
स्थिरैरन्ङ्गैस्तुष्टुवागं सस्तनूभिः व्यशेम देवहितम् यदायुः।
स्वस्ति न इन्द्रो वृद्धश्रवाः स्वस्ति नः पूषा विश्ववेदाः।
स्वस्ति नस्ताक्ष्र्यो अरिष्टनेमिः स्वस्ति नो ब्रिहस्पतिर्दधातु
ॐ शान्तिः शान्ति शान्ति।

प्रश्नोपनिषद्

प्रश्नोपनिषद् अथर्वेदीय ब्राह्मण भाग के अंतरगत है। जिसमें भगवान पिप्पलाद के छः शिष्यों द्वारा ज्ञान विषयक छः प्रश्न किए गए हैं। इससे इस उपनिषद् को प्रश्नोपनिषद् कहा गया।

शांति मंत्र

ॐ भद्रं कर्णेभिः श्रुणुयाम देवाः भद्रं पश्येमाक्षभिर्यजत्राः।

स्थिरैरन्ङ्गैस्तुष्टुवागं सस्तनूभिः व्यशेम देवहितम् यदायुः।

अर्थ :- हे देवगण! हम कानों से कल्याणमय वचन सुनें, यज्ञकर्म में समर्थ होकर नेत्रों से शुभ दर्शन करें, तथा अपने स्थिर अंग और शरीर से स्तुति करने वाले देवताओं के लिए हितकर आयु का भोग करें। त्रिविध ताप की शांति हो।

स्वस्ति न इन्द्रो वृद्धश्रवाः स्वस्ति नः पूषा विश्ववेदाः।

स्वस्तिनस्ताक्ष्यों अरिष्टनेमिः स्वस्ति नो बृहस्पतिर्दधातु

ॐ शान्तिः शान्ति शान्ति।

अर्थ :- महान कीर्तिमान इन्द्र हमारा कल्याण करे। परम ज्ञानवान और धनवान पुषा हमारा कल्याण करे। जो अनिष्टों के लिए चक्र के समान घातक है वह गरुड़ हमारा कल्याण करे। तथा ब्रहस्पति हमारा कल्याण करे। त्रिविध ताप की शांति हो।

शांति मंत्र

छंद

हे देव में निज कर्ण से सुनु शुभ दर्शन शुभ करूं।
स्थिर अंग देह से स्तुति करूं आयुष्य उत्तम मैं ग्रहूं।
हे महान इन्द्र, रवि गरुड अनिष्ट सर्वे काट दो।
हे ब्रहस्पति कल्याण करी काटो त्रिविद संताप को।

प्रथम प्रश्न

दो.- **भारद्वाज सत्यकाम अरु सौर्यायणि कौसल्य।**
भार्गव कबंधी सह षट, ब्रह्मभाव में कुशल।।१।।

भारद्वाज, सत्यकाम, सौर्यायणि, कौसल्य, भार्गव और कबन्धी ये छः ऋषि ब्रह्मभाव में कुशल थे अर्थात ब्रह्म जिज्ञासु थे।

चौ.- **ब्रह्म जिज्ञासा से प्रेरित मन, षट् ऋषिगण गए पिप्पलाद सन।।१।।**

ब्रह्म जिज्ञासा से प्रेरित होकर वे छः ऋषि भगवान पिप्पलाद के पास गए।

अतिविनय सह करी बहु वंदन, करी विनति ऋषिकुल नंदन।।२।।

अतिविनय के साथ उन ऋषिकुल नंदनों ने विनति करते हुए कहा...

अति जिज्ञासा से तेही पूछहूं, नाथ कृपा करी ब्रह्मपथ कहहूं।।३।।

हे नाथ! हम अति जिज्ञासा से पूछ रहे हैं। आप कृपा करके हमें ब्रह्ममार्ग का ज्ञान दीजिए।

कह पिप्पलाद वर्ष इक साधो, श्रद्धायुक्त तुम तप आराधो।।४।।

पिप्पलाद ने कहा कि हे ऋषियो! आप श्रद्धायुक्त होकर एक वर्ष तक तप साधना करो।

पुनि तुम सर्व प्रश्न मोहि करहूं, निज मति रूप सब कुछ मैं बरवहूं।।५।।

बाद में आप सब मुझे प्रश्न करना। मैं मेरी समझ के

अनुसार सबकुछ बताऊंगा।

एक बरस पश्चात कबन्धी, पूछा प्रश्न तेही प्रजा सबंधी।।६।।

एक वर्ष के बाद सब ऋषि वापस आए और सर्वप्रथम कबंधी ने ऋषि श्रेष्ठ पिप्पलाद को प्रजा संबंधी प्रश्न पूछा।

कस उत्पन्न प्रजा मोही कहहूं, कृपा करी मुज उत्तर दयहूं।।७।।

हे नाथ! प्रजा कैसे उत्पन्न हुई? कृपा करके इसका उत्तर आप मुझे दीजिए।

उत्तर

रयि और प्राण की उत्पत्ति

कह मुनि प्रजापति तप कीन्हा, तासे रयि प्राण रूप लीन्हा।।८।।

तब मुनि ने कहा कि प्रजापति ने प्रजा उत्पन्न करने की इच्छा से तप किया और उससे रयि और प्राण का जोड़ा उत्पन्न हुआ।

प्रजोत्पत्ति की आज्ञा दीन्हा, युगल ने आज्ञा शिर धरी लीन्हा।।९।।

इस जोड़े को प्रजापति ने अनेक प्रकार की प्रजा उत्पन्न करने की आज्ञा दी और दोनों ने आज्ञा शिरोधार्य मानी।

आदित्य और चंद्रमा में प्राण और रयि-दृष्टि

रवि को प्राण रयि अन्न जानो, मूर्त अमूर्त रयि रूप पहचानो।।१०।।

रवि को प्राण तथा रयि को अन्न मानना। जगत में मूर्त और अमूर्त जो कुछ भी है वह रयि है। अर्थात प्राण और रयि के संयोग से (स्थूल और सूक्ष्म के संयोग से) जगत का अस्तित्व है।

पूर्व उदित रवि प्राण सब धारे, और सर्व दिशि यह विस्तारे।।११।।

पूर्व में उदित सूर्य सबके प्राणों को धारण करता है और सर्वदिशा में उसका विस्तार होने से सर्व प्राण पुष्ट होते हैं।

रश्मिवान सर्वरूप सर्वाश्रय, ज्योतिर्मय अद्वितीय परमाश्रय।।१२।।

वह सूर्य किरणों से संपन्न सर्वरूप, सर्वजीवों का आश्रय, ज्योतिर्मय, अद्वितीय और सबका परम आश्रय स्थान है।

विद्वज्जन आत्मरूप ते जानही, सर्व प्रजा के प्राणरूप मानही।।१३।।

विद्वान लोग उसे आत्म स्वरूप ही जानते हैं और ऐसे वह सर्व प्रजा का प्राण रूप है।

संवत्सर ही प्रजापति माना, दक्षिण वाम अयन को जाना।।१४।।

संवत्सर ही प्रजापति है। सूर्यपथ की दो दिशाएं हैं - दक्षिण और उत्तर।

संवत्सर का अर्थ है - सूर्य चंद्र से उत्पन्न तिथि, दिन और रात का समुदाय - समय का एक माप। यहाँ संवत्सर को ही प्रजापति कहा है। इसका गूढार्थ है कि समय ही सबसे बड़ा है।

इष्ट कर्म में जे जन प्रवृत्त, आवागमन से ते नहीं निवृत्त।।१५।।

भारतीय ऋषियों के अनुसर सूर्य जब उत्तर पथगामी होता है तब जो मनुष्य प्राणों का त्याग करता है उसका कल्याण होता है तथा जो सूर्य जब दक्षिण पथगामी होता है उस दौरान के छः महिने में जिस मनुष्य का प्राण त्याग होता है उसका कल्याण नहीं होता। परंतु मेरा स्पष्ट मत है कि कल्याण का संबंध सूर्यपथ के साथ कम और जाग्रति तथा सम्यक कर्म के साथ ज्यादा है।

साधक को सूर्यलोक का अर्थ ज्ञानलोक और चंद्रलोक का अर्थ कर्मलोक करना चाहिए। यहाँ प्रकाश और अंधकार से संबंध है। ज्ञान और अज्ञानपूर्ण जीवन का परिणाम कल्याण और अकल्याण है।

जो मनुष्य अपने प्रिय कर्म में ही प्रवृत्त रहता है वह आवागमन से मुक्त नहीं होता।

पुनि पुनि चंद्रलोक को पावे, संतानेच्छुक लोक-कर्म जावे।।१६।।

ऐसा मनुष्य बार बार चंद्रलोक को प्राप्त करता है।

संतान की इच्छा करने वाला कर्म लोक को प्राप्त करता है।

शम दम तप श्रद्धा से शोधहीं, तो जन सूर्यलोक को लाधहीं।।१७।।

जो साधक शम, दम, तप, श्रद्धा से आत्मशोधन करता है वह सूर्यलोक अर्थात ज्ञानलोक को प्राप्त होता है।

यही प्राणाश्रय अमृतरूपा, अभय निरोध स्थान स्वरूपा।।१८।।

यह प्राणों का परम आश्रय अमृत स्वरूप अभय और निरोध (चित्त वृत्तियों का अटक जाना या समाप्त हो जाना) स्परूप है।

पंच पाद सर्वपिता आदित्या, द्वादश कृति जल-द्यु स्थिता।।१९।।

इस संवत्सर रूपी सर्वपिता आदित्य के पांच चरण हैं और बारह आकृति वाला है। द्यु लोक में स्थित है तथा जल से युक्त है।

पंच पाद का अर्थ है पांच ऋतु। (यहाँ हेमन्त और शिशिर ऋतु को एक माना है।) द्वादश आकृति का अर्थ है बारह महीने और द्युलोक का अर्थ है अंतरिक्ष से परे का प्रकाश लोक।

सात चक्र छः आरे तिन्ह में, अखिल जगत अर्पित है जेहि में।।२०।।

सात अश्व रूपी सात चक्र हैं और छः ऋतु रूपी छः आरे वाले उस निरंतर गतिशील कालात्मा में ही रथ की नाभी में आरों के समान संपूर्ण जगत अर्पित है।

पुनि प्रतिमास प्रजापति कहऊं, कृष्ण शुक्ल रयि प्राण बरनवऊं।।२१।।

फिर उपनिषद् में प्रति मास को प्रजापति कहा है।

उसका कृष्णपक्ष रयि है और शुक्लपक्ष प्राण।

प्राणोपसक शुक्ल पक्ष में, करही यज्ञ अन्य कृष्ण पक्ष में।।२२।।

इसलिए प्राणोपासक शुक्ल पक्ष में यज्ञ करते हैं तथा अन्नोपासक कृष्णपक्ष में।

पुनि दिन रात प्रजापति गाया, दिन प्राण रयि रात्रि कहाया।।२३।।

दिन और रात को भी प्रजापति कहा है। उनमें दिन प्राण है और रात्रि रयि है।

दिन में जे जन स्त्री रति करहीं, ते जन प्राण की हानि करहीं।।२४।।

उपनिषद् विज्ञान कहता है कि दिन में जो रतिक्रीड़ा के लिए संयुक्त होते हैं, वे प्राण की हानि करते हैं।

रैन में रतिक्रीड़ा कहे वेदा, ब्रह्मचर्य समान नहीं खेदा।।२५।।

रात्रि के समय स्त्री से संयोग करना ब्रह्मचर्य के समान ही है और ऐसा मनुष्य अपनी हानि नहीं करता।

पुनि कहे अन्न प्रजापति रूपा, अन्न से वीर्य ते प्रजा अनुरूपा।।२६।।

फिर अन्न को प्रजापति रूप कहा है। अन्न से वीर्य होता है और वीर्य के अनुरूप प्रजा उत्पन्न होती है।

इस प्रकार उपनिषद् आदेश के अनुसार जो कुछ भी पूर्वकथित (आगे कहे गए) नियमों का जो साधक पालन करता है उसे प्रजापति व्रत कहते हैं।

प्रजापति व्रत जे आचरही, ब्रह्मलोक पावै भव तरहीं।।२७।।

जो साधक प्रजापति व्रत का पालन करते हैं वे

ब्रह्मलोक को प्राप्त करते हैं और संसार से तैर जाते हैं।

कपट कुटिलता अरु अनृता, जे छांडही तेही पद अमृता।।२८।।

जो साधक कपट, कुटिलता और असत्य को छोड़ देता है वही अमृत पद को प्राप्त करता है।

द्वितीय प्रश्न

भार्गव का प्रश्न

विनय से पुनि भार्गव तेही पूछहूं, कितने देव प्रजा को धरहू।।२९।।

भार्गव नाम के ऋषि पिप्पलाद से विनय पूर्वक प्रश्न करते हुए पूछते हैं कि कितने देव प्रजा को धारण करते हैं।

कौन इन्हें प्रकाशित करहू, कौन श्रेष्ठ कृपा करी कहहूं।।३०।।

कौन-कौन इसे प्रकाशित करते हैं? और कौन उनमें श्रेष्ठ है? यह कृपा करके कहिए।

कहे आचार्य मन सह इन्द्रियां, सर्व देव विविध करे क्रिया।।३१।।

तब गुरु पिप्पलाद ने कहा कि मन सहित इन्द्रियाँ और इन्द्रियों के देव विविध कार्य करते हैं।

प्रगट करे अरु निज महिमा को, देह आश्रय उत्तम बल ताको।।३२।।

वे अपनी महिमा को उन कार्यों के द्वारा प्रगट करते हैं। शरीर का वह परम आश्रय और बलवान हैं।

एक बार कहे प्राण सब सुनहुं, परम देह आश्रय मैं श्रेष्ठ हूं।।३३।।

एक बार प्राण ने कहा कि हे सर्वदेव! सुनो, मैं सर्व में श्रेष्ठ और शरीर का परम आश्रय हूँ।

दो.- **इन्द्रिय देव न मानहीं, प्राण उठही तब उर्ध्व।**
इन्द्रिय देव भये शक्तिहीन, चढन लगे ते मुर्ध।।२।।

परंतु इन्द्रिय को देव यह बात मानने के लिए तैयार नहीं हुए। तब प्राण अपना सत्य सिद्ध करने के लिए ऊपर उठने लगा। उस समय इन्द्रियों के देव भी प्राण के साथ क्रमशः ऊपर और नीचे जाने लगे। इससे सिद्ध हो गया कि प्राण ही सर्वशक्तिमान है।

चौ.- **स्तुति करी सर्व देव भए दीना, अस ऋषि प्राण की महिमा किन्हा।।३४।।**

सब देव दीन होकर प्राण की स्तुति करने लगे। इस तरह ऋषियों ने प्राण की महिमा गाई।

यही प्राण बनी अग्नि तपहीं, सर्व जीव जग तेही को भजहीं।।३५।।

वही प्राण अग्नि बनकर तपता है और जगत के सर्वजीव उसको भजते हैं।

रवि शशि मेघ इन्द्र अस वायु, नृत अनृत पृथ्वी ते पायु।।३६।।

वही प्राण सूर्य, चंद्र, मेघ, इन्द्र, वायु, पृथ्वी, सत-असत और यम, सबकुछ है।

रथ में आरे जेहि भांति रहही, चतुर्वेद वर्ण तामे बसहीं।।३७।।

जिस तरह से रथ में आरे रहते हैं उसी तरह चारों वेद और चारों वर्ण उसमें बसे हुए हैं।

चार वेद – ऋग्वेद, सामवेद, अथर्ववेद, यजुर्वेद।

चार वर्ण – ब्रह्म, क्षत्रिय, वैश्य, शूद्र।

तेही प्रजापति गर्भ संचरिता, जन्म ग्रही इन्द्रियगण स्थिरा।।३८।।

प्राण ही प्रजापति, माता के गर्भ में संचरित और जन्म धारण करके इन्द्रियगण में स्थिर रहता है।

देव के वन्हि पितृ में स्वधा, ऋषि-मुनि-सुर आचरे बहु विधा।।३९।।

वही प्राण देवों के वन्हि, पितृ में स्वधा और ऋषि, मुनि तथा देवताओं का अनेक प्रकार का सत्य आचरण है।

प्राण रुद्र इन्द्र सर्व रक्षक, तू ही सूर्य अखिल जग साशक।।४०।।

हे प्राण! तू ही रुद्र, इन्द्र और सर्वरक्षक है। तू ही सूर्य और अखिल जगत का शासक है।

मेघ रूप तू बरसही जबहीं, लोकानंदित अन्न भये तबहीं।।४१।।

हे प्राण! तू जब बरसता है तब लोक आनन्दित होते हैं और तभी अन्न उत्पन्न होता है।

सब संस्कार मुक्त तू पिता, भोक्ता भक्ष्य दाता हम अजिता।।४२।।

तू सर्वसंस्कार मुक्त, सर्वपिता, भोक्ता और सदा अजेय, हम तेरे भक्ष्यदाता हैं।

तात न उत्क्रमण तुम कहहू, नेत्र चक्षु क्षोत्रादि बसहू।।४३।।

नेत्रादि में बसे हुए हे तात! तू हमारा शरीर में से उत्क्रमण मत करना।

स्वर्गलोक आदि के जीवा, केवल प्राण कारण ते सजीवा।।४४।।

स्वर्गलोक के जीव केवल प्राण के कारण ही तो सजीव हैं।

जिमि जननी रक्षक निज पुत्रा, तिमि बुद्धि श्री का बन नित सूत्रा।।४५।।

जिस तरह माता पुत्र की रक्षा करती है इसी तरह तू हमारी रक्षा कर और बुद्धि तथा लक्ष्मी प्रदान करने में निमित्त बन।

तृतीय प्रश्न

कौसल्य का प्रश्न

पुनि कौसल्य पूछे ऋषिराया, कैसे उत्पत्ति प्राण कस काया?।४६।।

फिर ऋषिराज पिप्पलाद को कौसल्य ने प्रश्न पूछा कि प्राण की उत्पत्ति कैसे हुई? और वह शरीर में कैसे आता है?

कैसे पंच विभाग में स्थिरा, कस उत्क्रमण कहहू मतिधीरा।।४७।।

वह प्राण पांच विभाग में कैसे स्थिर होता है? तथा कैसे शरीर का उत्क्रमण करता है? हे मतिधीर! कृपया मुझे इन सबका उत्तर दीजिए।

पंच विभाग अर्थात प्राण के विविध पांच स्वरूप- समान, अपान, उदान, व्यान और प्राण।

पिप्पलाद का उत्तर

कठिन प्रश्न बरु तू ब्रह्मवेत्ता, तासे उत्तर देहूं मैं सुता।।४८।।

ऋषि पिप्पलाद ने कहा कि प्रश्न कठिन है परंतु ब्रह्मवेत्ता ही ऐसा प्रश्न करते हैं। हे पुत्र! इसलिए मैं उत्तर दे रहा हूँ।

दुर्विज्ञेय प्राण तुम जानो, आत्मा से उत्पन्न ते मानो।।४९।।

प्राण का स्वरूप जानने में कठिन है। वह आत्मा से उत्पन्न होता है।

देह से छाया उत्पन्न होई, तस आत्मा में व्यापी रहे सोई।।५०।।

देह से जिस प्रकार छाया उत्पन्न होती है उसी प्रकार उस आत्मा में वह व्याप्त रहता है।

संकल्प से ते धरहीं देहा, मन से संकल्प नहीं संदेहा।।५१।।

संकल्प शक्ति से वह देह धारण करता है। वह संकल्प निश्चय ही मन करता है।

जस सम्राट नियुक्ति सब करहीं, तस मुख्य प्राण को अन्य अनुसरहीं।।५२।।

जिस तरह सम्राट अन्य अधिकारियों की नियुक्ति करता है उसी प्रकार मुख्य प्राण का अन्य सब अनुसरण करते हैं।

पायु उपस्थ अपान नियुक्ता, मध्य देह समान से युक्ता।।५३।।

मुख नासिका से ते निकसे, नेत्र श्रोत में स्थिर रही विकसे।।५४।।

वह प्राण पायु और उपस्थ में अपान वायु को नियुक्त करता है और मुख तथा नासिका से निकलता हुआ नेत्र एवं श्रोत में स्वयं स्थित होता है तथा मध्य में समान वायु रहता है।

अन्न को सर्व देह में सींचे, रस को सर्व नाड़ी में खींचे।।५५।।

वह समान वायु ही भोजन किए हुए अन्न को सर्वदेह में समान रूप से ले जाता है।

तेही प्राणाग्नि से सात ज्वालाएं, नेत्र कर्ण नासा रसना ये।।५६।।

उसी प्राणाग्नि से दो नेत्र, दो कर्ण, दो नासा, और जीव्हा ये सात ज्वालाएं उत्पन्न होती हैं।

ते आत्मा ह्रदय में बसहीं, एक सौ एक नाड़ी विकसहीं।।५७।।

वही आत्मा ह्रदय में निवास करता है और एक सौ एक नाड़ियाँ विकसित होती हैं।

प्रति नाड़ी सौ सौ शाखाएं, बहत्तर सहस प्रति प्रशाखाएं।।५८।।

प्रत्येक नाड़ी की सौ सौ शाखाएं हैं और उनमें से प्रत्येक की बहत्तर हजार प्रतिशाखाएं हैं।

तेही से सुषुम्ना पथ के द्वारा, करही गमन उदान अपारा।।५९।।

उनमें से सुषुम्णा मार्ग द्वारा उदान अपार रूप से गमन करता है।

कर्म अनुरूप लोक ले जावहीं, मिश्रित कर्म से पृथ्वी पावहीं।।६०।।

वह वायु कर्म के अनुरूप लोक को ले जाता है तथा

मिश्रित कर्म वालों को मृत्यु लोक प्राप्त होता है।

ब्रह्मप्राण निरूपण

ब्रह्मप्राण निश्चित रवि जानो, चक्षु आदि पर अनुग्रह मानो।।६१।।

निश्चित सूर्य ही ब्रह्मप्राण है और नेत्रादि पर अनुग्रह करता है।

पृथ्वी देव आपान आकर्षही, तासे मनुष्य स्थिर रही चलही।।६२।।

पृथ्वी के देव अपान को आकर्षित कर रखता है जिससे मनुष्य स्थिर रहकर चल फिर सकता है। (यदि ऐसा न होता तो मनुष्य या तो उड़ जाता या गिर जाता)

खं रवि पृथ्वी के मध्य समाना, देह मध्य में अस ही समाना।।६३।।

जिस तरह सूर्य और पृथ्वी के मध्य में जैसे आकाश समाया हुआ है इसी तरह देह के मध्याकाश में समान वायु बसा हुआ है।

अन्य रूप ते व्यान को मानो, सर्वदेह चलित ते जानो।।६४।।

प्राण का पांचवा स्वरूप व्यान है और वह संपूर्ण शरीर में परिभ्रमित है।

लोक प्रसिद्ध तेज ही उदाना, शांत भये ते पुनर्जन्म माना।।६५।।

चिंतन अनुरूप देह को पावही, प्राण से मिलि अन्य लोक ले जावही।।६६।।

लोकों में प्रसिद्ध तेज ही उदान है। अतः उसके शांत

हो जाने से मनुष्य का पुनर्जन्म होता है। वह उसके चिंतन के अनुरूप देह को प्राप्त करता है तथा उदान ही प्राण से मिलकर अन्य लोक ले जाता है।

अस विद्वान जो प्राण को जानही, ते निर्वंश कबहू नहीं जावहीं।।६७।।

इस प्रकार जो प्राण को जान लेता है ऐसे विद्वान की प्रजा कभी नष्ट नहीं होती। न वह निर्वंश जाता है।

दो.- **प्राणोत्पत्ति आगमन स्थिति व्यापकता अरु भेद।**

जे जानही ते अमर भये हरेश्वरी कहे वेद।।३।।

माँ हरेश्वरी कह रही है कि प्राण की उत्पत्ति, शरीर में उसका आगमन, स्थिति, व्यापकता और उसके भेद को जो जान लेता है वह अमर हो जाता है। ऐसा वेद कहता है।

चतुर्थ प्रश्न

गार्ग्य का प्रश्न

पुनि रवि पौत्र गार्ग्य ने पूछा, कहहू कृपा करी प्रश्न की इच्छा।।६८।।

फिर सूर्य पौत्र गार्ग्य ने पूछा कि हे भगवन! मेरे मन में भी कुछ प्रश्न हैं। आप कृपा करके उत्तर दीजिए।

पुरुष में कौन सोवे को जागे, कौन स्वप्न देखे सुख भोगे?।६९।।

मनुष्य में कौन सोता है? कौन जागता है? कौन स्वप्न देखता है? और कौन सुख भुगतता है?

किसमें प्रतिष्ठित यह सब ताता? कहहू नाथ श्रुति-स्मृति विख्याता।।७०।।

हे तात! यह सारा विश्व किसमें प्रतिष्ठित ह? जो श्रुति और स्मृति में विख्यात है, वह कहो।

कहे पिप्पलाद सुनहूं सौर्यायणि, धन्य धन्य आदित्य कुल मणि।।७१।।

पिप्लाद ने कहा कि हे सौर्यायणि! हे आदित्यकुलमणि! आपको धन्य है।

संग सूर्यास्त किरण भए अस्ता, उदय संग पुनि ते विस्तृता।।७२।।

जैसे सूर्य के उदय के संग उसकी किरणें फैलती हैं और अस्त के साथ उसमें विलीन हो जाती हैं।

अस इन्द्रिय मनोभाव को प्राप्ता, जाग्रति अस्त के संग समाप्ता।।७३।।

ऐसे ही इन्द्रियाँ और उसके विषय मनोभावों को प्राप्त होती हैं और जाग्रतावस्था के अस्त के साथ समाप्त हो जाती हैं।

तब पुरुष देखही नहीं सुनहीं, ग्रहे स्वाद नहीं स्पर्श कि सुंघही।।७४।।

तब वह मनुष्य न देखता है, न सुनता है, न स्वाद ग्रहण करता है, न स्पर्श करता है, न सुगंध ले सकता है...

नहीं बोले नहीं कछु ते ग्रहही, मलोत्सर्ग नहीं आनंद भोगही।।७५।।

....न बोलता है, न कुछ ग्रहण कर सकता है, न मलोत्सर्ग कर सकता है, न आनन्द भोग सकता है।

चेष्टाहीन को कहत है सुप्ता, आत्मा सदा सुखी संतृप्ता।।७६।।

चेष्टाहीन शरीर और इन्द्रियों की अवस्था को

सुप्तावस्था कहते हैं परंतु आत्मा तो सदा सुखी और संतृप्त है।

देहनगर प्राणाग्नि जागे, निज से निज आहूति मांगे।।७७।।

शरीर रूपी नगर में प्राणाग्नि जागता रहता है और प्राणों से प्राणों को आहूति मिलती है।

गार्हपत्य आदि विविध ते नामा, गति अनुसार कहहीं निष्कामा।।७८।।

उस प्राणाग्नि के गार्हपत्य आदि विविध नाम हैं। निष्काम ऋषियों ने अनुभव करके प्राण की गति के अनुसार उनके नाम दिए हैं।

श्वास-निःश्वास आहूति मानो, समान को ऋत्विक रूप जानो।।७९।।

उस प्राणाग्नि में श्वास और उच्छ्वास की आहूतियों का होम हो रहा है। और समान वायु ऋत्विक रूप है।

मन यजमान तेहि फल है उदाना, अस मन ब्रह्म प्रति पहुंचाना।।८०।।

मन इस नित्य यज्ञ का यजमान है और उदान उसका फल है। इस तरह से प्रति श्वास को साधना समझकर मन को ब्रह्म के प्रति पहुंचाना है।

स्वप्नावस्था में मन रूपी देव अपनी विभूति का अुभव करता है

स्वप्न में विभूति को अनुभवहीं, जाग्रति में इन्द्रिय संग जावहीं।।८१।।

स्वप्नावस्था में मन रूपी देव अपनी विभूति (क्षमता) का अनुभव करता है और जाग्रतावस्था में इन्द्रियों के संग बहता है।

जो देखा सो पुनि पुनि देखहीं, विविध सुना ते पुनि पुनि सुनहीं।।८२।।

वह जो देखा हुआ है उसे बार बार देखता है और जो सुना हुआ है उसे पुनः पुनः सुनता है।

दिश-विदिश जो अनुभव करहीं, तेहि का पुनरावर्तन करहीं।।८३।।

दिशा और विदिशाओं में जो अनुभव करता है उसका बार बार पुनरावर्तन करता है।

सत्-असत् सबको ते लेखे, सर्वरूप निज को भी देखे।।८४।।

सत् और असत् सबको देखता हुआ सबमें निजरूप को भी देखता है।

जब मन पित्त से भए आक्रान्वित, तब न स्वप्न रहे, रहे आनंदित।।८५।।

जब मन पित्त (तेज) से पूर्ण होता है उस समय स्वप्नशून्यता होती है और वह आनंदित रहता है।

जस पंछी विराम ले वृक्षा, तस ब्रह्मानंद शून्य सब इच्छा।।८६।।

जब वह ब्रह्मानंद रूप हो जाता है तब सारी इच्छाएं शून्य हो जाती हैं और मन विराम अवस्था को प्राप्त करता है जैसे पंछी वृक्ष पर विराम ले लेता है।

आत्मतत्व का सामर्थ्य

पंचभूत की पंच तन्मात्रा, पंचकर्मेन्द्रिय की पंच है यात्रा।।८७।।

पंचभूत की पंच तन्मात्रा, पांच कर्मेन्द्रिय की कार्य क्षमता...

मन से मनन बुद्धि बोधव्य, अहंकार से अहं भवितव्य।।८८।।

मन से मनन, बुद्धि से बोधव्य, अहंकार से अहंता...

चित्त से चेतनीय सुनु भाई, तेज प्रकाश्य पदार्थ सब होई।।८९।।

चित्त से चेतनीय, तेज से पदार्थ का प्रकाश में आना (दिखना)...

प्राण से धारणा शक्ति से तेजा, ते आत्मा में लीन भए ऊर्जा।।९०।।

प्राण से धारणा, शक्ति से तेज- ये समग्र ऊर्जा अंत में आत्मा में ही लीन हो जाती हैं।

सुषुप्ति में जीव की परमात्म प्राप्ति

श्रोता दृष्टा स्प्रष्टा रसयिता, घ्राता कर्ता बोद्धा मंता।।९१।।

ते सुषुप्तावस्था में भाई, अक्षर आत्मा में स्थिर होई।।९२।।

अक्षर जानि अक्षर पावहीं, सर्व रूप सर्वज्ञ हो जावहीं।।९३।।

श्रोता, दृष्टा, स्प्रष्टा, रसयिता, घ्राता, कर्ता, बोद्धा और मन्ता वह सब सुषुप्तावस्था में अक्षर आत्मा में स्थिर हो जाते हैं। इस अक्षर स्वरूप को जो जानता है वह अक्षर पद को प्राप्त कर लेता है तथा सर्वरूप और सर्वज्ञ हो जाता है।

पंचम प्रश्न

सत्य काम का प्रश्न- ओम के उपासक को किस लोक की प्राप्ति होती है?

शिबिपुत्र सत्यकाम प्रसिद्धा, ते पूछा पिप्पलाद मुनि सिद्धा।।९४।।

शिबि का प्रसिद्ध पुत्र सत्यकाम ने सिद्ध मुनि पिप्पलाद से पूछा कि...

जे नर प्राणप्रयाणपर्यंता, करे चिंतन ओकार अत्यंता।।९५।।

जो मनुष्य प्राणप्रयाणपर्यंत (आजीवन) ॐकार का ही चिंतन करता है...

ते जन केहि लोक को पावहीं, करी कृपा मोही नाथ जनावहीं।।९६।।

वह मनुष्य किस लोक को प्राप्त करता है? आप मुझे कृपा करी समझाइए।

पर अरु अपर ब्रह्मरूप जानो, ओमकार से नित ब्रह्म को पामो।।९७।।

भगवान पिप्पलाद ने कहा कि हे सत्याकाम! ब्रह्म के पर और अपर ऐसे दो स्वरूप हैं। ॐकार से नित्यब्रह्म की प्राप्ति करो।

मात्रा एक ओमकार जो ध्यावहीं, मानुष लोक त्वरित अवतरहीं।।९८।।

एक मात्रा युक्त ॐकार का जो ध्यान करता है उसका शीघ्र ही मनुष्य लोक में जन्म होता है।

ब्रह्मचर्य अरु तप श्रद्धा से, तेहि महिमा अनुभव विद्या से।।९९।।

वहाँ वह ब्रह्मचर्य, तप और श्रद्धा से ॐकार की महिमा का अनुभव करता है।

द्विमात्रा विशिष्ट ओमकारा, मन को स्थिर करे तेहि द्वारा।।१००।।

द्विमात्रा युक्त ॐकार विशिष्ट है। उसके द्वारा मन को स्थिर करो।

अस जीव चंद्र लोक में जावहीं, करि अनुभव वापस लौट आवहीं।।१०१।।

इससे जीव चंद्रलोक में जाता है और स्वयं विभूति का अनुभव करने के बाद वापस लौट आता है। (विराट में मिल जाता है।)

त्रिमात्रा युक्त ओम जो जपहीं, पाप जरहीं सूर्यलोक को बसहीं।।१०२।।

जो त्रिमात्रायुक्त ॐ का जाप करता है उसके सर्वपाप जल जाते हैं और उसका सूर्यलोक में वास होता है।

पुनि ते ब्रह्मलोक सिधावहीं, परम शांति अक्षय सुख पावहीं।।१०३।।

बाद में वह ब्रह्मलोक को जाता है और परम शांति तथा अक्षय सुख को प्राप्त करता है।

दो. **जाग्रत स्वप्न सुशुप्ति में सम्यक करहीं प्रयोग।**
ध्यान स्थिर पद पावहीं तिनहुं मात्रा का योग।।४।

जाग्रत, स्वप्न और सुषुप्ति में ॐ का सम्यक प्रयोग करके ध्यानस्थ होने के अभ्यास से ध्यान स्थिर होता है और ज्ञाता पुरुष विचलित नहीं होता।

चो.- **तेहि आलंबन से विद्वाना, अजर अमर परलोक सुख नाना।।१०४।।**

ॐ का आलंबन लेने से विद्वज्जन अजर और अमर हो जाते हैं तथा परलोक के अनेक प्रकार के परम सुखों को प्राप्त करते हैं।

षष्ठम प्रश्न

पुनि सुकेशा पूछहूं भगवाना, षोड़श कला युक्त कहे जना।।१०५।।

फिर भारद्वाज के पुत्र सुकेश ने भगवान पिप्पलाद से पुछा कि ब्रह्मवेत्ता जिसे सोलह कला युक्त कहते हैं वह पुरुष कौन और कैसा है ?

पुरुष कहाँ ते कहहुं मोही, हिरण्यनाभ पूछहुं मोहि सोई।।१०६।।

कौसलदेश के राजकुमार हिरण्यनाभ ने मुझे यह प्रश्न पूछा था। लेकिन मैं उत्तर नहीं जानता था। तो आप कृपा करके मुझे इस विषय में समझाइए।

सुनु सौम्य! परम मतिवाना, इसी देह में विलसही जाना॥१०७॥

भगवान पिप्पलाद ने कहा कि हे परममतिवान, हे सौम्य! सुन! वह षोड़श कला युक्त पुरुष इस शरीर में ही विलास कर रहा है।

ते सोचा किसके उत्क्रम से, मैं उत्क्रमहूँ शीघ्र ही तासे॥१०८॥

उस पुरुष ने सोचा कि किसके उत्क्रमण से मेरा शीघ्र उत्क्रमण हो।

किसके स्थिर रहने से स्थिरता, मुझमें रहहीं, अन्य अस्थिरता॥१०९॥

किसके स्थिर रहने से मुझमें स्थिरता रहे?

अस विचारी करी प्राण की रचना, तासे इन्द्रिय पंचभूत मना॥११०॥

श्रद्धा अन्न वीर्य तप मंत्रा, कर्म रु अनेक लोक का तंत्रा॥१११॥

ऐसा विचार करके उसने प्राण की रचना की। फिर प्राण से श्रद्धा, पंचमहाभूत, इन्द्रियाँ, मन और अन्न को उत्पन्न किया तथा अन्न से वीर्य,तप, मंत्र, कर्म और लोकों को उत्पन्न किया।

सोलह कला लीन यह पुरुष में, सागर रूप बने नदिया जिसमें॥११२॥

जिस तरह सब नदियाँ सागर में मिल जाती हैं ऐसे ही सर्वदृष्टा की सोलह कलाएं, जिनका अधिष्ठान पुरुष ही है, उस पुरुष को प्राप्त होकर लीन हो जाती हैं।

(सोलह कलाओं में १-५ पंच कोष, ६ अतिशयनी, ७ विपरिनाभिमि, ८ संक्रामिनी, ९ प्रभवी, १० कुंठिनी, ११ विकासिनी, १२

मर्यादिनी, १३ संह्लादिनी, १४ अह्लादिनी, १५ परिपूर्ण, १६ स्वरूपवस्थित) का समावेश होता है।

नाम रूप नष्ट सब होई, केवल पुरुष योगी कहे तेई।।११३।।

नाम और रूप सबकुछ जब नष्ट हो जाता है तब योगी जन उसे केवल पुरुष अर्थात शुद्ध आत्मतत्व कहते हैं।

नर प्रबुद्ध कला करे पारा, सदा पार ते मुक्त संसारा।।११४।।

प्रबुद्ध पुरुष कलाओं के पार जाकर संसार से मुक्त हो जाता है।

मृत्यु के दुःख की निवृत्ति में परमात्मा ज्ञान का उपयोग

जस रथ में आरे तस जानो, कला पुरुष आश्रित है मानो।।११५।।

जिस तरह रथ के चक्र की नाभि में अरे होते हैं उसी प्रकार सर्वकला पुरुष में आश्रित (बसती) होती हैं।

अस ब्रह्मज्ञानी शांत रह भाई, कष्ट न पावे मृत्यु भले आई।।११६।।

ऐसा समझकर ब्रह्मज्ञानी पुरुष शांत रहता है और मृत्यु के आने पर भी कष्ट नहीं पाता।

उपसंहार

कह पिप्पलाद इतना ही जाना, जानने योग्य कछु नहीं छाना।।११७।।

अंत में भगवान पिप्पलाद ने कहा कि मैं इस ब्रह्म को जितना जानता हूँ, इतना मैंने तुझे कह दिया। अब जानने योग्य कुछ भी नहीं है।

शांति मंत्र

ॐ भद्रं कर्णेभिः श्रुणुयाम देवाः भद्रं पश्येमाक्षभिर्यजत्राः।
स्थिरैरन्ङ्गैस्तुष्टुवागं सस्तनूभिः व्यशेम देवहितम् यदायुः।

स्वस्ति न इन्द्रो वृद्धश्रवाः स्वस्ति नः पूषा विश्ववेदाः।
स्वस्ति नस्ताक्ष्र्यो अरिष्टनेमिः स्वस्ति नो बृहस्पतिर्दधातु।
ॐ शान्तिः शान्तिः शान्तिः।

तैत्तिरीयोपनिषद्

कृष्ण युजुर्वेदीय तैत्तिरीयारण्यक के प्रपाठक सात, आठ और नौ का नाम तैत्तिरीय पड़ा। इसे वारुणी उपनिषद् भी कही जाती है। विद्वानों का ऐसा मत है कि याज्ञवल्क ने गुरु की पढाई हुई जिस विद्या का परित्याग कर दिया वह कृष्ण यजुर्वेद नाम से प्रसिद्ध हुआ। फिर उस विद्या को गुरु वैशंपायन के अन्य शिष्यों ने तितर पक्षी का रूप धारण करके पुनः प्राप्त किया, इसलिए इस उपनिषद् का नाम तैत्तिरीय हुआ।

प्रथम अनुवाक

शांति मंत्र

ॐ शं नो मित्रः शं वरुणः। शं नो भवत्वर्यमा। शं न इन्द्रो ब्रिहस्पतिः। शं नो विष्णुरुरुक्रमः। नमो ब्रह्मणे। मनस्ते वायो। त्वमेव प्रत्यक्षं ब्रह्मासि। त्वामेव प्रत्यक्षम् ब्रह्म वदिष्यामि। ऋतं वादिष्यामि। सत्यं वदिष्यामि। तन्मामवतु। तद्वक्तारमवतु। अवतु माम्। अवतु वक्तारम्।

ॐ शान्तिः शान्तिः शान्तिः।।

अर्थ : ॐ अर्थात वह परब्रह्म हमारा मित्र बने और हमारा कल्याण करे। वरुण भी हमारा कल्याण करे। अर्यमा अर्थात सूर्य भी हमारा कल्याण करे, इन्द्र और ब्रहस्पति भी हमारा कल्याण करे। जिसकी अपार क्षमता है ऐसा विष्णु भी हमारा कल्याण करे। हम ब्रह्मा को और वायु को नमस्कार करते हैं। हे वायु! आप प्रत्यक्ष ब्रह्म हो, आप दृश्यमान ब्रह्म हो। मैं सत्य बोलूं सत्य बोलूं, वह सत्य मेरी रक्षा करे, वह सत्य गुरू की रक्षा करे, वह मेरी अर्थात प्रार्थना करने वाले की रक्षा करे और गुरू की रक्षा करे। ॐ त्रिविध ताप की शांति हो।

शांति मंत्र

छंद

कल्याण करहूं ब्रह्म वरुण सूर्य इन्द्र ब्रहस्पति।
हे अपार क्षमतावान प्रत्यक्ष वायु ब्रह्मा लक्ष्मीपति।
मैं सत्य बोलूं सत्य बोलूं सत्य ही रक्षा करे।
हो गुरु की रक्षा, प्रार्थी की रक्षा सदा रक्षा करे।

द्वितीय अनुवाक

शिक्षा के विषय

चौ.- **हम करहीं शिक्षा की व्याख्या, जिज्ञासु समजी लो दीक्षा।।१।।**

हम शिक्षा की व्याख्या करते हैं, जिसे समझकर जिज्ञासु साधक को शिक्षा की दीक्षा लेनी चाहिए।

दो. - **वर्ण स्वर अरु मात्रा बल, साम सन्तान षड् जान।**
शिक्षा विषय हरेश्वरी, कहत है विद्याधाम।।१।।

अकार आदि वर्ण, उदात्त आदि स्वर, ह्रस्व आदि मात्रा, बल (समान बल से उच्चारण), साम अर्थात समता अर्थात वर्णों (अक्षरों) का मध्यम वृत्थि से उच्चारण करना। तथा संतान अर्थात संतति अर्थात वणों के जुड़ने से जा अर्थ अथवा ध्वनि उत्पन्न होती है – ये सब शिक्षण के विषय हैं।

तृतीय अनुवाक

पंच प्रकार की संहितोपासना

चौ. – **साथ साथ हम यश को पावें, ब्रह्म तेज को प्राप्त हो जावें॥२॥**

हम (गुरु–शिष्य) साथ साथ यश को प्राप्त करें, हम ब्रह्म तेज से पूर्ण हों।

संहितोपनिषद् की व्याख्या करहूँ, पंच प्रमुख ते हृदय में धरहूं॥३॥

अब संहिता (हमारे ऋषियों द्वारा बताए गए सुव्यवस्थित शास्त्रीय क्रम अथवा उपासना संबंधी नियम) संबंधी उपनिषद् (उपासना) की व्याख्या करते हैं। जिनमें पांच प्रमुख हैं, इन्हें धीर और स्थिर मति वाले साधक इसे हृदय में धारण करें।

दो.– **अधिलोक, अधिज्योतिष, अधिविद्य, अधिप्रज।**

अध्यात्म सह पंच अधिकरण मानही विरज॥२॥

अधिलोक (भौतिक लोक संबंधी), अधिज्यौतिष (प्रकाश संबंधी), अधिविद्य (विद्या संबंधी), अधिप्रज (प्रजोत्पत्ति संबंधी) और आत्मा संबंधी; ये पांच प्रमुख संहिता हैं। ऐसा विरज (जो धर्म अधर्म से पर हो गया है) लोग कहते हैं।

चौ.– **ज्ञानी महा संहिता कहहीं, अधिलोक का वर्णन सुनहीं।४॥**

ज्ञानी लोग इन पांचों को महासंहिता कहते हैं। उनमें से अधिलोक का वर्णन सुनिए।

प्रथम रूप ते पृथ्वी जानो, अंतिम रूप द्युलोक को मानो।५।।

मध्य में नभ वायु संधाना, विराट भाव से अनुसंधाना।६।।

प्यारे साधको! पूर्व के (प्राचीन) ऋषि-मुनियों ने मनुष्य के आत्यांतिक कल्याण के लिए साधारण से लेकर उच्चतम उपासना पद्धति द्वारा मनुष्य उत्तरोत्तर विकसित हो पाए इसलिए पांच सोपानों में उपासना भाव (साधना करते वक्त हृदय में धारणा करना) अनुक्रम से बताया है। जिनमें अधिभौतिक से लेकर अध्यात्म तक की यात्रा का निदर्शन है। उपनिषद् बहुत संक्षिप्त में गूढ बातों को प्रगट करते हैं इसलिए सुज्ञ साधक को अर्थ के संदर्भ में विवाद में न पड़ते हुए कुछ बातों का अर्थ अंतरदृष्टि से समझना चाहिए।

अधिभौतिक उपासना में रस हो ऐसे साधक को इस विशाल लोक को लेकर भाव करना चाहिए कि इस लोक का प्रारंभिक रूप पृथ्वी है। अंतिम रूप प्रकाश है। मध्य में आकाश है और वायु के अनुसंधान से यह संचलित है। (इस तरह का विराट भाव रखें)

द्वितीय का प्रथम रूप है अनला, अंतिम द्यु मध्य बसे जला।।७।।

विद्युत का संधान करे साधक, अस नित्य दर्शन करे उपासक।।८।।

प्रकाश की उपासना करने वाले साधक भाव करें कि प्रकाश का प्रथम रूप अग्नि है, अंतिम स्वरूप ज्योति है, मध्य में जल है और विद्युत के अनुसंधान द्वारा प्रकाशलोक प्रकाशित हो रहा है।

तृतीय का प्रथम रूप आचार्य, अंतिम रूप शिष्य है आर्या।।९।।

विद्या सन्धि प्रवचन संधाना, अधिविद्य का यह दर्शन जाना।।१०।।

विद्या की उपासना करने वाले साधक भाव करें कि विद्या का प्रारंभिक स्वरूप आचार्य (गुरु) है। अंतिम रूप शिष्य है। विद्या मध्य में है और प्रवचन अनुसंधान है। इस प्रकार विद्या विकसित होकर कल्याणकारी होती है।

अब अधिप्रज दर्शन को सुनहुं, प्रथम रूप माता को मानहुं।।११।।

द्वितीय पिता अस वेद विधाना, प्रजा प्रजनन मानो संधाना।।१२।।

संसार की उपासना करने वाले साधक भाव करें कि माता संसार का मूल कारण (पूर्व रूप) है, पिता उत्तर (द्वितीय) रूप है। प्रजा संधि स्वरूप है (माता और पिता के माध्यम से पुत्र जन्म लेता है।) और प्रजनन अनुसंधान है; अर्थात प्रजनन क्रिया रूपी उपासना के द्वारा संतति उत्पन्न होती है।

यहाँ वेद ने प्रजनन को भोग नहीं परंतु उपासना की पदवी दी है।

पुनि अध्यात्म दर्शन को सुनहु, अधः उर्ध्व हनु रूप दोउ मानहु।।।१३।।

वाणी संधि जीह्वा संधाना, अस पंचम प्रबुद्ध जन माना।।१४।।

फिर अध्यात्म दर्शन कराते हुए तैत्तरीयोपनिषद् कहता है कि अधः हनु (नीचे की ओष्ठ सहित ठोढी) को पूर्व रूप और उर्ध्व हनु (ऊपर के नासिका सहित का तालु भाग) के मध्य में वाणी उत्पन्न होती है, जो संधि स्वरूप है और जीह्वा के द्वारा संधान होता है। (तात्पर्य यह है कि मुख में से प्रगट होते प्रत्येक शब्द ब्रह्म ही है तथा शब्दों के द्वारा अर्थात ब्रह्म के द्वारा ही ब्रह्म की उपासना वाणी

के द्वारा हो रही है। इसी परम सत्य के कारण जागे हुए लोग मितभाषी होते हैं। ज्यादातर मौन में रहते हैं और ओम आदि मंत्रादि में ही प्रवृत्त रहते हैं। अथवा वाणी के द्वारा परमात्मा के गुणगान गाते हैं। वे ही सच्चे आध्यात्मिक साधक के लक्षण हैं।)

सत रूप महा संहिता जामे, ते संतति पशु तेज ब्रह्म पामे।।१५।।

अन्न स्वर्ग लोक की संहिता, प्राप्त करे नित नूत निज हीता।।१६।।

इस परम सत्यरूपी महासंहिता के अनुसार जो उपासना करता है वह साधक संतति, पशु, ब्रह्मतेज, अन्न और स्वर्ग लोक आदि सुख प्राप्त करके अपना कल्याण प्राप्त करता है। और नित्य नूतन सुख (हितकारी सुख) प्राप्त करता है।

चतुर्थ अनुवाक

श्री और बुद्धि की कामना वाले लोगों के लिए जप और होम संबंधी मंत्र

वेद श्रेष्ठ वेदों से उपजा, सर्व रूप अमृतरूप सिरजा।।१७।।

अस ॐ इन्द्र मेधायुक्त कहहीं, मैं अमृतत्त्व का स्वामी बनहीं।।१८।।

प्रणव वेद से भी श्रेष्ठ और वेदों से उत्पन्न हुआ है। वह सर्वरूप और अमृतरूप उत्पत्ति है। ऐसे ॐ रूपी इन्द्र (सर्व

कामनाओं का ईश) मुझे तीक्ष्ण बुद्धिवान करे। मैं अमृततत्व का स्वामी बनूं।

देह विचक्षण वाणी मधुयुक्ता, श्रवण से श्रवण करु संयुक्ता।।१९।।

ब्रह्मकोष तू लौकिक आवरण, श्रवण ज्ञान रक्ष कष्ट निवारण।।२०।।

मेरा शरीर विचक्षण और वाणी मधुरता से युक्त बने। मेरे कानों से मैं उत्तम श्रवण करूं। हे ब्रह्मकोष (ओमकार)! तू मेरे लौकिक आवरणों को हटा, कष्टों का निवारण कर और मेरे श्रवण किए हुए ज्ञान की रक्षा कर।

श्री साक्षात्कार करा तू सत्वर, दे गौ वस्त्र अन्न पान का श्रेष्ठवर।।२१।।

ऊन युक्त अन्य पशुधन वृद्धि, सहित बुद्धिवर दो समृद्धि।।२२।।

तू शीघ्र ही मुझे लक्ष्मी का साक्षात्कार कराओ और मेरे कल्याण के लिए वस्त्र, गाय, अन्न और उत्तम पेयादि तत्वों का श्रेष्ठ वरदान दे। सद्बुद्धि और समृद्धि के उपरांत ऊन युक्त पशु तथा अन्य पशु धन की वृद्धि हो।

ब्रह्मचारी सानिध्य में आये, तेहि निष्कपट व्यवहार को पाये।।२३।।

ते ब्रह्मचारी प्रमा को धारे, शम दम से नित ज्ञान विस्तारे।।२४।।

मैं ब्रह्म में विचरण करने वाले (ब्रह्मचारी) उत्तम लोगों का सानिध्य प्राप्त करूं। उनका मेरे प्रति निष्कपट व्यवहार हो। वे ब्रह्मचारी सत्यज्ञान को धारण करें तथा शांति और इन्द्रिय निग्रह से ज्ञान का विस्तार करें।

इह लोक में यशस्वी भयउ, धन संपन्न प्रसंशनीय बनहु।।२५।।

ब्रह्मकोष! मैं तुझमें मिलहुं, तू मुझमें अस अनुभव करहूं।।२६।।

इस लोक में मेरा यश बढ़े तथा दैवी धन से मैं सम्पन्न और प्रशंसनीय बनूं। हे ब्रह्मकोष (भगवन)! मैं तुझमें विलीन हो जाऊं और तेरा मुझमें विलीन होने का मैं अनुभव करूं।

शाखा सहस्र रूप सहस्रा, पापाचरण निज शोधन निश्रा।।२७।।

हे प्रभु! तेरे अनेक भेदोपभेद हैं और अनेक स्वरूप हैं। मैं तुझ स्वरूप बनके मेरे कठिन कर्मों का शुद्धिकरण करूं।

जस बहु स्रोत निम्नस्तर बहहीं, अस ब्रह्मचारी सानिध्य मुझ लहहीं।।२८।।

जल की विविध धारा ऊपर से नीचे की ओर बहतीं हैं वैसे ब्रह्मचारी लोगों का (सर्वेन्द्रिय से ब्रह्म में विचरण करने वाले) मुझे सांनिध्य प्राप्त हो।

धातः! परमाश्रय तू ताता, प्राप्त हो मोही प्रगट हो त्राता।।२९।।

हे धातः (परमात्मा)! मुझे तेरा परम आश्रय प्राप्त हो। हे तारने वाले! आप मेरे सामने प्रगट हों।

पंचम अनुवाक

व्याहृतिरूप ब्रह्म की उपासना

भूः भूवः अरु सुवः व्याहृति, चतुर्थ महः महाचमस्य ज्ञाति।।३०।।

प्यारे साधको! यहाँ व्याहृति शब्द का अर्थ है-ईश्वरपरक शब्द विशेष। खास करके संध्या-पूजादि उपासना में इन वेदोक्त

शब्दों का उपयोग होता है। प्रमुख तीन व्याहृतियाँ मानी जाती है। जो भूः, भुवः और सुवः हैं। कुछ विद्वानों के मतानुसार इसकी संख्या ७ (सात) भी मानी जाती है।

ऋषि महाचमस के पुत्र ने जाना है किभूः, भुवः, सुवः और महः व्याहृति हैं।

वही ब्रह्म वही है आत्मा, अन्य देव अंग परमात्मा।।३१।।

वही ब्रह्म है और वही आत्मा है तथा अन्य देव उस परमात्मा के अंग हैं।

भूः इह लोक भुवः अंतरिक्षा, सुवः स्वर्ग लोक समीक्षा।।३२।।

भूः यह भौतिक लोक है तथा भुवः अंतरिक्ष और सुवः स्वर्ग लोक है।

साधक महः आदित्य रूप जानो, तासे लोक वृद्धि भय मानो।।३३।।

हे साधको! महः को सूर्य समान समझो जिससे इस लोक में वृद्धि होती है।

भूः अग्नि भुवः वायु है, सुवः रवि अरु महः चंद्र है।।३४।।

भूः ही अग्नि, भुवः वायु, सुवः सूर्य और महः चंद्र है।

चंद्र से सर्व ज्योतियाँ बढहीं, उत्तरोत्तर ते घटहीं चढहीं।।३५।।

जिस चंद्र की कलाएं घटती हैं और बढ़ती हैं ऐसे चंद्र से ही सर्व ज्योतियों का प्रादुर्भाव है।

भूः ऋक् भुवः साम कह वेदा, सुवः यजु कह जाने यह भेदा।।३६।।

हे साधको! भूः ऋग्वेद, भुवः सामवेद, सुवः यजुर्वेद तुल्य

है। इस गूढ रहस्य को जानो।

महः ब्रह्म ब्रह्म से सब श्रुति, तेही शाख से प्रशाख बहु कृति।।३७।।

महः ब्रह्म स्वरूप है, ब्रह्म से सभी वेदों का विस्तार हुआ और उसकी अनेक शाखा-प्रशाखाएं हुईं।

भुः प्राण अरु भुवः अपाना, सुवः व्यान महः अन्न है जाना।।३८।।

भूः प्राण है, भुवः अपान है, सुवः व्यान है और महः को अन्न समझना है।

अन्न से समस्त लोक की वृद्धि, तेही से ब्रह्म ज्ञान की सिद्धी।।३९।।

अन्न से समस्त लोक की वृद्धि होती है और इस समझ से ब्रह्मज्ञान की प्राप्ति भी होती है।

प्यारे साधको! इस प्रकार ऊपर कही हुई व्याहृति रूपी शब्द ब्रह्म ही परमात्मा, आत्मा, देव, पृथ्वी, स्वर्ग, सूर्य, चन्द्र, अग्नि, वायु, ज्योति, वेद, शास्त्र, पंचप्राण और अन्न तथा ब्रह्मज्ञान स्वरूप जानकर साधकों को उनपर ध्यान धरना चाहिए।

षष्ठम् अनुवाक

हृदयाकाष मनोमय पुरुषा, अमृतमय ज्योतिर्मय ईषा।।४०।।

हृदयाकाश में मनोमय पुरुष जो अमृतरूप है वह ईश्वर ज्योतिरूप विराजमान है।

तालु मध्य से सुषुम्ना जाई, इन्द्र योनि ज्ञानी कहे भाई।।४१।।

मूर्धा को भेदी कपाल से, आगे बढे योग मार्ग से।।४२।।

सुषुम्णा नाड़ी तालुमध्य में से निकलकर इन्द्रयोनि (परमात्मा की प्राप्ति का मार्ग और योगशास्त्र का एक पारिभाषिक शब्द) द्वारा योगशक्ति से मूर्धा को भेदकर दोनों कपालों के मध्य से होकर ऊपर की ओर बढ़ती है ऐसा ज्ञानी लोग कहते हैं।

भूः में अग्नि भुवः में समीरा, अस धारणा करे मति धीरा।।४३।।

भूः में अग्नि और भुवः में वायु स्थित है – ऐसी धारणा के साथ धीर पुरुष ध्यान धरते हैं।

सुवः चिन्तन से निःशंक सूर्य में, महः उपासना से स्थित ब्रह्म में।।४४।।

सुवः का चिन्तन करने से निःशंक सूर्य (प्रकाश) में तथा महः की उपासना से ब्रह्म में स्थित हो जाओ।

अस साधक स्वाराज्य को पावहीं, मन के पति ब्रह्म को जानही।।४५।।

इस प्रकार से ध्यान धरने वाला साधक स्वाराज्य को प्राप्त करता है और मन के नाथ ब्रह्म का ध्यान करता है।

अस साधक इन्द्रिय का नाथा, बनही नाथ विज्ञान सनाथा।।४६।।

इस तरह से साधक वाक्, चक्षु, श्रोत्र आदि का भी नाथ बन जाता है (वर्चस्व तथा संयम पा लेता है) और विज्ञान का भी स्वामी बन जाता है। ।

सर्व श्रेष्ठ बनहीं ते साधक, पुनि ते मार्ग कछु नहीं बाधक।।४७।।

ऐसा साधक सर्वश्रेष्ठ बनता है फिर उसके मार्ग में कोई विघ्न नहीं रहता।

करहूं शिष्य नित सत उपासना, ते परब्रह्म का धरि नित ध्याना।।४८।।

हे शिष्य! नित्य सत्य की उपासना कर और उस परब्रह्म का ध्यान धर।

सप्तम अनुवाक

पांक्तरूप से ब्रह्म की उपासना

प्यारे साधको! पांक्त का अर्थ है पांच भाग से बना हुआ। यहाँ उपनिषदकार ने लोकपांक्त, देवतापांक्त, अध्यात्मपांक्त, वायुपांक्त, इन्द्रियपांक्त और धातुपांक्त का वैज्ञानिक उल्लेख करके साधकों को बाह्यपांक्त की उपासना को पूर्ण करने के लिए आध्यात्मिक पांक्त की उपासना करना अनिवार्य बताया है।

भू अंतरिक्ष द्युलोक दिशाएं, अन्य दिशा मिली पंच शाखाएं।।४९।।

ऐही को लोकपांक्त विदु कहहीं, अर्थ समझी लाभ अति लहहीं।।५०।।

पृथ्वी, अंतरिक्ष, द्युलोक, दिशाएं तथा अन्य दिशाएं इन पांच का संयोग लोकपांक्त है, ऐसा विद्वान कहते हैं (इस रहस्य को समझकर आध्यात्मिक लाभ को प्राप्त करो)।

आप औषधि वनस्पति खंगा, आत्मा आदि अधिभौतिक अंगा।।५१।।

जल, औषधि, वनस्पति, आकाश और आत्मा ये पांच अधिभूतपांक्त हैं।

पुनि अध्यात्म पांक्त बतलाए, पंच प्राण उपनिषद् गाए।।५२।।

प्राण, व्यान, अपान, उदान और समान इन पांचों वायु

वायुपांक्त अथवा अध्यात्मपांक्त हैं।

चक्षु श्रोत्र मन वाक् अरु त्वचा, इन्द्रियपांक्त ईश्वर ने रचा।।५३।।

नेत्र, कर्ण, मन, वाणी और त्वचा – ये इन्द्रियपांक्त है।

पंच धातु मिली पांक्तोपासना, यह विधान से मिटही वासना।।५४।।

चर्म, मांस, स्नायु, अस्थि और मज्जा–यह धातुपांक्त है। इस प्रकार ऋषि ने जो पांक्तोपासना का विधान कहा है उसे समझकर उसका ध्यान धरने से उपासक अध्यात्म लाभ को प्राप्त करता है और उसकी सारी वासनाएं क्षीण हो जाती हैं।

अष्टम अनुवाक

ओम का स्वरूप और महिमा

शब्द ब्रह्म ॐ सर्व स्वरूपा, साम गान आरंभ अनुकृता।।५५।।

ओम शब्दब्रह्म और सर्व स्वरूप है। सामगान का आरंभ ॐ से होता है तथा अनुकरणीय है। (अनुकृत का अर्थ – अनुकरण, उपरांत सम्मति सूचक शब्द – ऐसा भी होता है। प्राचीन काल में किसी व्यक्ति के कथन को ॐ उच्चार के साथ ऋषि–मुनि सम्मति प्रदर्शित करते थे अथवा ॐ से अपना प्रतिभाव व्यक्त करते थे।)

ॐ शोम् कही शस्त्र का पाठा, प्रति कार्य अध्वर्यु गाता।।५६।।

ॐ शोम् कहकर शस्त्र संबंधी पाठ होते हैं और अध्वर्यु (आहूतिदाता ब्राह्मण) प्रत्येक कार्य के आरंभ में ओम का गान

करते हैं।

ॐ से ब्रह्मा आज्ञा करीता, वेद पाठी ओम ओम उच्चरता।।५७।।

ब्रह्मा ॐ के उच्चार के साथ आज्ञा करते हैं और वेदाध्ययन करने वाले ॐ ॐ का उच्चार करते रहते हैं।

अहम् ब्रह्म कही ब्रह्म रूप बनहूं, अस महिमा ओमकार की जानहू।।५८।।

वेदपाठी ओम उच्चार करता हुआ कहता है – मैं ब्रह्म को प्राप्त करूं। इससे वह ब्रह्म को ही प्राप्त कर लेता है। हे साधक! ऐसी ओमकार की महिमा को जानो।

नवम अनुवाक

सत्यादि शुभ कर्म विधान

छंद– **ऋत सत्य शम दम अनल अग्निहोत्र भाव से नित करो।**
आतिथ्य लौकिक कर्म व्यवहार में शुद्ध चित्त धरो।
प्रजाति प्रजन नियम से स्वाध्याय प्रवचन नित्य करे।
सत्यवचा पौरुशिष्टि नाक ऋषि यही तप बल कहे।।१।।

उचित कर्म स्वाध्याय और प्रवचन के साथ करें। स्वाध्याय और प्रवचन के साथ सत्य का आचरण करें। स्वाध्याय और प्रवचन के साथ आवेगों का शमन हो। स्वाध्याय और प्रवचन के साथ इन्द्रिय निग्रह करें। अग्नि का अनुष्ठान स्वाध्याय और प्रवचन के साथ करें। अग्निहोत्र (नित्य कर्तव्य) स्वाध्याय और प्रवचन के

साथ करें। अतिथि सत्कार स्वाध्याय और प्रवचन के साथ करें। लौकिक व्यवहार स्वाध्याय और प्रवचन के साथ करें। प्रजोत्पत्ति कार्य स्वाध्याय और प्रवचन के साथ करें। ऐसा सत्यवचा, पौरुशिष्टि और नाक ऋषि का मत है। यही तप है.. यही तप का बल है।

दशम अनुवाक

चौ.- **मैं संसार रूप का प्रेरक, उर्ध्व पवित्र सर्व संप्रेक्षक।।५९।।**

मैं इस संसार रूपी वृक्ष का प्रेरक हूँ, उर्ध्वगामी हूँ पवित्र हूँ, सर्वरूप हूँ और सम्यक प्रेक्षक भी।

जस रवि अमृतमय है भाई, तस मैं शुद्धामृत रूप होई।।६०।।

जैसे सूर्य अमृतमय है वैसे मैं शुद्ध अमृतरूप हूँ।

देदीप्यमान धन अक्षय सुमेधा, अमृत सिक्त त्रिशंकु कहे वेदा।।६१।।

त्रिशंकु ऋषि वेद में कहते हैं कि मैं देदीप्यमान आत्मरूप धन हूँ, उत्तम मेधावी, अमृत से भीगा हुआ अव्यय तथा अक्षय हूँ।

एकादश अनुवाक

दो.- **वेदाध्ययन उपरांत गुरु शिष्य को दे उपदेश।**
हरेश्वरी ते कहहुं सब साधक सुनहुं विशेष।।३।।

वेदाध्ययन पूर्ण कराने के बाद गुरु शिष्य को जो उपदेश देते

हैं वह मैं हरेश्वरीदेवी कह रही हूँ। सब साधक इसे विशेष रूप से सुनें।

सत्य बचन सत आचरण करहू, शास्त्राभ्यास में प्रमादी न बनहू।।६१।।

हे शिष्य! हमेशा सत्य वचन बोलना और सत्य का आचरण करना। शास्त्राध्ययन में कभी प्रमाद नहीं करना।

गुरु इच्छानुसार धन लावहीं, संतति परम्परा नहीं छांडही।।६२।।

गुरु जो चाहे उस प्रकार का धन लाकर दें। गृहस्थ आश्रम की परम्परा को तोड़ना नहीं।

सत्य धर्म में प्रमाद न करहूं, कुशल कर्म में अप्रमादी रहहूं।।६३।।

सत्य और धर्म में प्रमाद मत करना, कर्म में कुशल बनना और उसमें किसी प्रकार का प्रमाद नहीं करना।

मांगलिक कर्म जो ऐश्वर्य देही, तेही में कबहूं प्रमाद न लेही।।६४।।

जो मांगलिक कर्म ऐश्वर्य देने वाला है, उसमें प्रमाद नहीं करना।

स्वाध्याय प्रवचन देव कार्य में, नहीं प्रमाद पितृकार्य में।।६५।।

स्वाध्याय प्रवचन, देव कार्य और पितृ कार्य में कभी प्रमाद नहीं करना।

मातृ पितृ आचार्य अतिथिवा, देव भाव से भजहू देवा।।६६।।

माता-पिता, आचार्य और अतिथि को देव मानकर उनकी सेवा करना।

निंद्य कर्म कबहु नहीं करहीं, अनिंद्य कर्म में नित रत रहहीं।।६७।।

जिस कर्म से निंदा हो ऐसा कर्म कभी मत करना। अनिंद्य कर्म में नित्य प्रवृत्त रहना।

हमरे शुभ आचरण उपासो, नहीं अनुकरणीय ते नित छांडो।।६८।।

हमारे शुभ आचरण का हमेशा अनुसरण करो और जो अनुकरण करने योग्य नहीं है अथवा कल्याणकारी नहीं है उसका त्याग करो।

हमसे श्रेष्ठ जो विभूति मिलहीं, निर्मल भाव से सेवा करहीं।।६९।।

हमसे महान ज्ञानी और श्रेष्ठ विभूति मिले तो निर्मल भाव से उसकी सेवा करके ज्ञान अर्जित करो।

श्रद्धापूर्वक दान नित देहू, अश्रद्धा से सावध रहहू।।७०।।

नित्य श्रद्धापूर्वक दान दो, अश्रद्धा से जाग्रत रहो, सावधान रहो।

ऐश्वर्य अनुरूप दान को देही, लज्जा अरु भय से भी तेही।।७१।।

ऐश्वर्य अनुरूप दान दो, लज्जा और भय से भी दो।

मैत्री आदि निमित्त से देहू, संशय में गुणी करे ते करहू।।७२।।

मैत्री आदि निमित्त से भी दो। अगर किसी भी विषय में संदेह उपजे तो ज्ञानी और गुणीजन जैसा करते हों वैसा करो।

यही आदेश उपदेश गुढ आज्ञा, अस आचरण की करहू प्रतीज्ञा।।७३।।

हे शिष्य! यही आदेश है, यही उपदेश है, यही गूढ ज्ञानानुसार जीने की आज्ञा है। इस तरह जीने का संकल्प करो।

द्वादश अनुवाक

ऊपर कही हुई विद्या की निर्विघ्न प्राप्ति के लिए शांति पाठ

रवि वरुण अरु पितर प्रधाना, इन्द्र गुरु हरि चतुराननना।।७४।।

सूर्य, वरुण, पितर, अर्यमा, इन्द्र, गुरु, विष्णु, ब्रह्मा...

सब सुख शांति दायक बनहूं, वायु नमस्कार हम करहूं।।७५।।

... सारे देव सुख शांतिदायक बनो। हे वायु! हम आपको नमस्कार करते हैं।

प्रत्यक्ष ब्रह्म तुमही ऋत रूपा, सर्व जीव सर्व सुख स्वरूपा।।७६।।

आप प्रत्यक्ष ब्रह्म और सत्य रूप हो, सर्वजीव स्वरूप और सर्वसुख स्वरूप हो।

ब्रह्म निरूपक गुरु के रक्षक, मम रक्षक वक्ता संरक्षक।।७७।।

आप ब्रह्म निरूपक गुरु की रक्षा करो, मेरी रक्षा करो, वक्ता की रक्षा करो।

त्रिविध ताप की शांति हो शांति, परम शांति हो पुनः हो शांति।।७८।।

त्रिविध ताप की शांति हो, शांति हो, परम शांति हो।

ब्रह्मानंद वल्ली

प्रथम अनुवाक

शांति पाठ

गुरु शिष्य की रक्षा करहूं, सदा उभय का पालन करहूं।।७९।।

वह परमात्मा हम गुरु-शिष्य की साथ साथ रक्षा करे, हम दोनों का साथ-साथ पालन करे।

सदा शक्ति संपन्न हम बनहूं, विद्याध्ययन विफल नहीं होहूं।।८०।।

हम सदा शक्ति संपन्न बनें, हमारी अध्ययन की हुई विद्या विफल न जाए।

कबहुं द्वेष नहीं करहूं परस्पर, प्रेमादर से नित्य रहे, दो वर।।८१।।

हम परस्पर एकदूसरे का द्वेष न करें, हम प्रेम और आदर से रहें ऐसा वरदान दो।

।।ॐ शांतिः शांतिः शांतिः।।

ब्रह्मज्ञान का फल, सृष्टिक्रम और अन्नमय कोष का वर्णन

ब्रह्मवेत्ता परमात्मा पावही, तेहि संदर्भ श्रुति अस कहहीं।।८२।।

ब्रह्मवेत्ता परमात्मा को प्राप्त करते हैं; इस संदर्भ में वेद

कहते हैं कि .....

ब्रह्म सत्य अरु ज्ञान स्वरूपा, अति अनन्त परम पद रूपा।।८३।।

ब्रह्म ही सत्य और ज्ञान स्वरूप है, वह अनन्त और परम पद रूप है।

मति आकाश में जे तेही जानही, ते ब्रह्म से सर्व भोग को पावहीं।।८४।।

जो उसे बुद्धिरूप परम आकाश में जानता है, वह सर्वज्ञ ब्रह्मरूप से एक साथ ही सभी भोगों को प्राप्त कर लेता है।

छंद- **आत्मा से वायु तासे अग्नि तेहि से है जल भया।**
जल से धरा तेहि से औषधि तेहि से अन्न उत्पन्न हुआ।
ते पुरुष अन्न रसमय विशिष्ट अंग शिर बाहु महा।
मध्य भाग आत्मा पुच्छ प्रतिष्ठा हरेश्वरी श्रुति कहा।।३।।

माँ हरेश्वरी कहती है कि आत्मा से वायु, वायु से अग्नि, अग्नि से जल, जल से पृथ्वी, प्रथ्वी से औषधि और औषधि से अन्न उत्पन्न हुआ। फिर अन्न से रसमय पुरुष की उत्पत्ति हुई। उस विशिष्ट पुरुष में शिर, महान बाहु, मध्यभाग आत्मा और नीचे का भाग पुच्छ आदि थे ऐसा श्रृति कहती है।

द्वितीय अनुवाक

चौ.- **अन्न से प्रजा की उत्पत्ति मानो, सबको अन्न परिणाम रूप जानो।।८५।।**

अन्न से सर्व प्रजा उत्पन्न हुई है और वह सर्व प्रजा अन्न का परिणाम रूप है।

अन्न से जीवित अन्न में लीना, अन्न जेष्ठ सर्व औषधि भीना।।८६।।

सर्वजीव अन्न से जीवित होते हैं और अन्न में विलीन होते हैं, सबमें अन्न ही बड़ा है और सर्व औषधि से युक्त है।

अन्न ब्रह्म मानी जे उपासे, ते निश्चय ही पूर्ण अन्न पामे।।८७।।

जो अन्न को ब्रह्म मानकर उसकी उपासना करते हैं वे सदा निश्चित ही संपूर्ण अन्न प्राप्त करते हैं।

अन्न से जन्मही अन्न से बढहीं, अन्न जीव परस्पर भोगहीं।।८८।।

जीव का जन्म अन्न से ही होता है और वह अन्न से विकसित होता है। जीव और अन्न दोनों परस्पर एक दूसरे का भोग करते हैं अर्थात खाते हैं।

तासे अन्न कहाई ते भाई, जीवन का नहीं अन्य उपाय।।८९।।

इसलिए उसे अन्न कहते हैं। अन्न के सिवाय जीवन का दूसरा कोई उपाय नहीं है।

दो.- **अन्न रु रस के पिंड में, दूजा शरीर ते प्राण।**
अन्नमय कोष पूर्ण भये, प्राण स्वरूप ते जान।।३।।

अन्न और रस के पिण्ड के भीतर रहने वाला दूसरा

शरीर प्राणमय है। उसके द्वारा अन्नमय कोष परिपूर्ण है, वही प्राणरूप है।

चौ.–तेहि को पुरुषाकार ही मानो, तेहि का मस्तक प्राण ही जानो।।१०।।

उस प्राणमयकोष को भी पुरुषाकार मानो। प्राण ही उसका शिर है।

व्यान अपान पक्ष दो भाई, मध्याकाश आत्म कहाई।।११।।

व्यान और अपान क्रमशः दक्षिण और उत्तर पक्ष हैं। आकाश मध्यभाग अर्थात आत्मा है।

पृथ्वी पुच्छ रूप कही प्रतिष्ठा, साधक साधो तीव्रतम निष्ठा।।१२।।

पृथ्वी अंतिमभाग पुच्छ है। हे साधक! इसे तीव्रतम निष्ठा से उसकी साधना करो।

तृतीय अनुवाक

प्राण की महिमा और मनोमय कोष का वर्णन

सुर नर पशु सब प्राण अनुगामी, प्राणन नित्य ही करे सकामी।।१३।।

देव, मनुष्य, पशु और सब प्राणी प्राण के अनुगामी हैं। जीवन की कामना करने वाला प्रत्येक जीव सदा प्राणन क्रिया करता है।

प्राण प्राणी का जीवन भाई, तस ते सर्वायुष कहाई।।९४।।

प्राण प्राणी का जीवन है इसलिए उसे सर्व की आयुष्य कहते हैं।

ब्रह्म रूप में प्राण आराधे, ते जन पूर्ण आयु को लाधे।।९५।।

जो जीव ब्रह्म में प्राण की आराधना करते हैं वह पूर्ण आयुष्य को प्राप्त करते हैं।

अन्नमय कोष की प्राण ही आत्मा, तेहि भीतर मनोमय परमात्मा।।९६।।

अन्नमय कोष की आत्मा प्राण ही है। उसके भीतर मनोमय कोष बिराजित है।

पुरुषाकार यजुः शिर तेही, ऋक् और साम पक्ष दोउ गाई।।९७।।

वह भी पुरुषाकार है; यजुः उसका शिर है, ऋक् दक्षिण पक्ष है, साम उत्तर पक्ष है।

जे आदेश होंही ते आत्मा, अथर्वाङ्गिरस पुच्छ निजात्मा।।९८।।

जो आदेश है वही आत्मा है तथा अथर्वाङ्गिरस पुच्छ रूप में प्रतिष्ठित है।

चतुर्थ अनुवाक
मनोमय कोष की महिमा तथा विज्ञानमय कोष का वर्णन

जहं से मन वाणी लौट आए, तेहि जाने भय को नहीं पाए।।९९।।

जहाँ से मन और वाणी उसे न पाकर लौट आते हैं; उस ब्रह्मानंद को जानने वाला कभी भयभीत नहीं होता।

देह मनोमय प्राण की आत्मा, पुनि विज्ञानमय अंतरात्मा।।१००।।

मनोमय कोष ही प्राणमय कोष की आत्मा है और मनोमय का अंतरात्मा विज्ञानमय है।

तासे परिपूर्ण मन भयउ, पुरुषाकार विज्ञान को कहउ।।१०१।।

उससे मन परिपूर्ण होता है। उस विज्ञान को भी पुरुषाकार कहते हैं।

श्रद्धा तेहि शिर ऋत सत्य पक्षा, योगात्मा मध्य महत्तत्त्व पुच्छा।।१०२।।

श्रद्धा उसका शिर है, ऋत और सत्य उसके दक्षिण उत्तर पक्ष हैं। योगात्मा मध्यभाग है और महत्तत्व पुच्छ है।

पंचम अनुवाक

विज्ञान की महिमा तथा आनन्दमय कोष का वर्णन

करे विस्तार यज्ञ और कर्मा, देव उपासे जानि ब्रह्म मर्मा॥१०३॥

विज्ञानवान पुरुष यज्ञ और कर्मों का विस्तार करता है। सर्वदेव भी विज्ञान के मर्म को जानकर उस ब्रह्म की उपासना करते हैं।

विज्ञानं ब्रह्म साधक जाने, अप्रमाद से तेहि सन्माने॥१०४॥

जो साधक विज्ञान ही ब्रह्म है ऐसा मानकर अप्रमाद से उसका आदर करता है तो....

सर्व पाप त्यजि पूर्ण लहे भोगा, तेहि ज्ञान तेहि महायोगा॥१०५॥

... वह सर्व पाप को त्यागकर पूर्ण भोग को उपलब्ध होता है। विज्ञान ब्रह्म ही महान ज्ञान और महान योग है।

ते विज्ञान मनोमय आत्मा, पुनि आनन्दरूप परमात्मा॥१०६॥

वह विज्ञान मनोमय कोष की आत्मा है और बाद में आनन्दरूप कोष ही परमात्मा है।

आनंद से विज्ञान पूर्ण भयउ, वेद-योगशास्त्र सब कहउ॥१०७॥

आनन्द से विज्ञान पूर्ण होता है; ऐसा वेद और सर्वशास्त्र कहते हैं।

ते पुरुष का प्रिय है शिरा, मोद-प्रमोद दो पक्ष हैं धीरा।।१०८।।

प्रिय चीजें उस आनन्दमय पुरुष का शिर है। धीर पुरुषों के अनुसार मोद और प्रमोद उसके दक्षिण और उत्तर पक्ष हैं।

आनन्द आत्मा ब्रह्मपुच्छ प्रतिष्ठा, साधक जानो रूप विशिष्टा।।१०९।।

आनन्द आत्मा है, ब्रह्म पुच्छ रूपी प्रतिष्ठा है। हे साधक! उस आनन्दमय विशिष्ट कोष को जान।

षष्ठम् अनुवाक

ब्रह्म को सत् और असत् जानने वालों का भेद, ब्रह्मज्ञ और अब्रह्मज्ञ की ब्रह्म प्राप्ति के विषय में शंका तथा संपूर्ण प्रपंच रूप से ब्रह्म के स्थित होने का निरूपण

साधक ब्रह्म असत जे कहहीं, तो तेही ते असत रूप होहीं।।११०।

हे साधको! ब्रह्म को जो असत मानता है वह स्वयं भी असत हो जाता है।

जो जानत है ब्रह्म सत भाई, ते ब्रह्मवेत्ता सत हो जाई।।१११।।

जो ब्रह्म को सतरूप जानता है, तो वह ब्रह्मवेत्ता सतरूप हो जाता है।

विज्ञानात्मा आनंद जानो, तेहि परिपूर्ण परब्रह्म पहचानो।।११२।।

विज्ञानमय कोष की आत्मा आनन्द है; वही परिपूर्ण और परब्रह्म है।

पुनि शिष्य अनुप्रश्न को करहीं, कृपा करी गुरुदेव सत कहहीं।।११३।।

ऐसा सुनने पर शिष्य अनुप्रश्न करता है कि हे गुरुदेव कृपा करके मुझे सत्य का बोध कराते हुए कहो कि कोई...

अविद्वान पुरुष देह त्यागे, तो परमात्म तत्व को भोगे?।११४।।

अविद्वान (विद्या से विमुख) मनुष्य शरीर को छोड़ने पर परमात्मा तत्व को प्राप्त कर सकता है?

वा विद्वान देह को त्यागे, तो परमात्म तत्व को भोगे?।११५।।

अथवा विद्वान पुरुष (विद्यावान अर्थात आत्मज्ञानी पुरुष) देह को त्यागकर परमात्म तत्व को प्राप्त कर सकते हैं?

भूमिका बांधी गुरु उत्तर देही, सुन साधक सुज्ञ जन ऐही।।११६।।

शिष्य का उत्तर देते हुए भूमिका बांधकर गुरु कहते हैं कि वही सुज्ञजन है (जो सत्य को जान ले)।

एक बार ब्रह्म संकल्प करहूं, एक से मैं अनेक रूप लहहूं।।११७।।

एक बार परब्रह्म ने संकल्प किया कि मैं एक में से अनेक रूप धारण करूं।

पुनि ते ब्रह्म अपार तप कीन्हा, तप बल सृष्टि आकार ते दीन्हा।।११८।।

फिर उस ब्रह्म ने अपार तप किया और तप के बल से संपूर्ण सृष्टि को आकार दिया।

तेहि प्रवेशी सत् रूप परमात्मा, सर्व व्यापी सर्व रूप आत्मा।।११९।।

फिर परमात्मा ने उसमें प्रवेश किया और सर्वव्यापी तथा सर्वात्मा बने।

मूर्तामूर्त अस ज्ञात अज्ञाता, आश्रय अनाश्रय अरु जड़ चेता।।१२०।।

इस तरह से परमात्मा मूर्त, अमूर्त, ज्ञात, अज्ञात, आश्रय, अनाश्रय, जड़, चेतन..

सत्य असत्य रूप भए भगवाना, ब्रह्मवेत्ता सत कहे जग नाना।।१२१।

सत्, असत् आदि रूप बने। यह जो कुछ भी है उसे ब्रह्मवेत्ता सत् कहते हैं।

सप्तम अनुवाक

ब्रह्म की सुकृत एवं आनंदरूपता का तथा ब्रह्मवेत्ता की अभयप्राप्ति का वर्णन

आदि काल में केवल असत, नाम रूप युक्त तेहि से परम सत।।१२२।।

आदि काल में केवल असत् का ही अस्तित्व था। उससे नाम–रूप युक्त परम सत्य की उत्पत्ति हुई।

असत स्वयं रचही सतरूप को, तेहि से सुकृत कहे विदु तेहि को।।१२३।।

असत् ने स्वयं ही नाम–रूपात्मक जगत रूप में सत् रचना की इसलिए विद्वज्जन ने उसे सुकृत (स्वयं रचा हुआ) कहा।

ते सुकृत निश्चय रस मानो, तेहि से पुरुष आनंदित जानो।।१२४।।

निश्चय ही वह सुकृत ही रस है। उस रस को पाकर पुरुष आनन्दित होता है।

तेहि बिनु प्राण आपान को धारहीं, तेहि तेहि आनंदित करहीं।।१२५।।

यदि आनन्द नहीं होता तो उसके बिना कौन प्राणनक्रिया करता और कौन अपान क्रिया करता? यही स्वयं उसे आनन्दित करता है।

ते अदृश्य अशरीरी निराधारा, अनिर्वाच्य सुख रूप अपारा॥१२६॥

जब साधक ते ब्रह्म में स्थिरा, अभय प्राप्त करहीं ते धीरा॥१२७॥

जब धीर साधक अदृश्य, अशरीरी, निराधार, अनिर्वाच्य, अपार सुख रूप ब्रह्म में स्थिर होता है तब वह अभय को प्राप्त करता है।

अल्पही भेद जब साधक करहीं, तेहि क्षण ते इस जग में डरहीं॥१२८॥

और जब कोई उसमें थोड़ा सा भी भेद करता है तो उसी क्षण वह भय को प्राप्त होता है।

भेददर्शी को भय दाता ते, ब्रह्मज्ञानी निर्भय कर्ता ते॥१२९॥

वह ब्रह्म भेददर्शी को भय देने वाला और ब्रह्मदर्शी को निर्भय करने वाला है।

अष्टम अनुवाक

ब्रह्मानंद की निरतिशयत्व की मीमांसा

एही के भय से वायु चलहीं, तेहि भय सूर्य उदय को लहहीं॥१३०॥

ब्रह्म के भय से वायु चलता है, सूर्य उदय होता है।

तेहि भय अनल इन्द्र यम दौड़हीं, ते ब्रह्म का वर्णन श्रुति करहीं॥१३१॥

उसी के भय से अग्नि, इन्द्र और यम दौड़ता है; ऐसा

वेद कहता है।

आनंद देव गंधर्वादि का, तासे अधिक सुख इन्द्रादि का।।१३२।।

ते आनंद अकामहत पावै, समसुख श्रोत्रिय ब्रह्मतुल्य जो है।।१३३।।

जो आनंद मनुष्य, देव, गंधर्व और इन्द्रादि का है उससे भी अधिक आनंद अकामहत (जो कामनाओं से पीड़ित नहीं है) श्रोत्रीय (जो वेद को जानने वाला है) को प्राप्त होता है जो ब्रह्मानंद तुल्य है।

ब्रह्मात्मैक्य-दृष्टि का उपसंहार

पंचकोषात्मक देह जो रहहीं, रवि अंतरगत एक श्रुति कहहीं।।१३४।

पंचकोषात्मक देह में जो पुरुष (आत्मा) और जो सूर्य आदि में है वह एक ही है; ऐसा वेद कहता है।

जे जाने यह सत्य ते भाई, निवृत्त अन्नमय आत्मा पाई।।१३५।।

जो इस सत्य को जानता है, वह इस लोक से निवृत्त होकर अन्नमय आत्मा को प्राप्त करता है। (वह आत्मरूप बन जाता है।)

अस ते प्राणमय आत्मा पावे, पुनि मनोमय आत्मरूप हो जावे।।१३६।।

फिर अन्नमय कोष से किसी भी विषय को भिन्न नहीं देखता हुए प्राणमय आत्मा को उपलब्ध हो जाता है। और इसी प्रकार वह मनोमय आत्मा को प्राप्त करता है।

पुनि विज्ञानमय आत्मा पाई, आनंदमय उपलब्ध हो जाई।।१३७।।

इसी प्रकार फिर विज्ञानमय आत्मा को और अंत में आनन्दमय आत्मा को प्राप्त होता है।

नवम अनुवाक

ब्रह्मानंद का अनुभव करने वाले विद्वान की अभय प्राप्ति

मन वाणी के पार जे भाई, जाने सो निर्भय हो जाई।।१३८।।

जो ब्रह्मतत्व मन और वाणी के पार है, उसे जो जान लेता है वह निर्भय हो जाता है।

शुभ और अशुभ से मुक्त ते होई, पाप कर्म से निश्चिंत तेही।।१३९।।

ऐसा विद्वान शुभ-अशुभ से मुक्त हो जाता है और पाप कर्म क्यों किया ऐसी चिंता से निश्चिंत हो जाता है।

पाप पुण्य ताप के कारण, अस जानि ते सबल अकारण।।१४०।।

पाप और पुण्य संताप के कारण होते हैं। इस सत्य को समझकर आत्मा प्रसन्न और सबल रहता है।

उभय को देखे आत्म स्वरूपा, उपनिषद् ब्रह्मविद्या रूपा।।१४१।।

विद्यावान पुरुष को पापी और पुण्यवान दोनों आत्मस्वरूप ही दिखाई देते हैं। ऐसी यह उपनिषदरूपी

ब्रह्मविद्या है।

भृगुवल्ली

प्रथम अनुवाक

भृगु का अपने पिता वरुण के पास जाकर ब्रह्मविद्या विषयक प्रश्न करना तथा वरुण का ब्रह्मोपदेश

पिता वरुण सन भृगु ऋषि आवहीं, विनय से कह ब्रह्मबोध करावहीं।।१४२।।

भृगु ऋषि पिता वरुण के पास आए तथा विनय से बोले कि मुझे ब्रह्म का बोध कराइए।

छंद - **सुनि विनय बोले वरुण सुनु सुत सावधान हृदय धरो।**
अन्न प्राण नेत्र श्रोत्र मन अरु वाक् द्वार ब्रह्म के ग्रहो।
उसमें ही सर्व भूत जन्मे रहे जीवित आश्रय करे।
और अंत में भये लीन हरेश्वरी तेहि की इच्छा धरे।।।४।।

माँ हरेश्वरी कह रही है कि भृगु के विनयपूर्वक वचन को सुनकर वरुण बोले कि हे पुत्र! मैं जो कुछ भी कहूँ उसे सावधान होकर सुनो और हृदय में धारण करो। अन्न, प्राण,

नेत्र, श्रोत्र, मन और वाक् ये ब्रह्म की उपलब्धि के द्वार हैं। उसमें ही सर्वजीव जन्म लेते हैं, जीवित रहते हैं और अंत में विलीन भी होते हैं। उसे विशेष रूप से जानने की इच्छा कर।

चौ.– **ब्रह्महित भृगु अति तप व्रत लीन्हा, पुनि पितु निकट आगमन कीन्हा।।१४३।।**

उस ब्रह्म को विशेष रूप से जानने के लिए भृगु ने अति तप किया और फिर पिता के पास आया।

द्वितीय अनुवाक

भृगु का पुनः तप

भृगु अनुभव से अन्न ब्रह्म जाना, अन्न से जीव उत्पन्न भए नाना।।१४४।

भृगु ने पिता से कहा कि मैंने तप से अनुभव किया है कि अन्न ही ब्रह्म है। अन्न से विविध जीव उत्पन्न होते हैं।

अन्न से जीवन गमन लीन होहीं, अन्न बिनु उद्धरहीं न कोई।।१४५।।

अन्न से जीव का जीवन और गमन है, अन्त में अन्न में ही जीव विलीन होता है। अन्न के बिना किसी का भी उद्धार नहीं है।

भृगु ऋषि पुनः पितु सन आवहीं, हे भगवन! मोहे ब्रह्मरूप कहहीं।।१४६।।

इतना जानने के बाद भृगु ऋषि फिर से पिता के पास आए और कहा कि मुझे अब ब्रह्म का स्वरूप समझाइए।

कहे पिता तप ही ब्रह्म जानो, तप करी कहे प्राण ब्रह्म मानो।।१४७।।

पिता ने कहा कि तप से उस ब्रह्म के स्वरूप को पहचानो। भृगु ने तपश्चर्या के बाद कहा कि प्राण ही ब्रह्म है।

तृतीय अनुवाक

प्राण से जीव की उत्पत्ति होई, जीवन मृत्यु तामे लीन सोई।।१४८।।

प्राण से जीव की उत्पत्ति होती है उससे ही जीवन होता है और उसमें ही जीव विलीन होता है।

अस जानी पुनि पितु पहं आए, पुनि पुनि तप की आज्ञा पाए।।१४९।।

इतना जानने के बाद विशेष ब्रह्मज्ञान के लिए वे फिर से पिता के पास आए, और फिर से पिता ने तप करने की आज्ञा दी।

चतुर्थ अनुवाक

मन ही ब्रह्म है तप मैं जाना, उत्पत्ति विलीन मन में माना।।१५०।।

भृगु ने तप में जाना कि मन ही ब्रह्म है। मन के कारण ही जीव की उत्पत्ति है और मन में ही जीव विलीन होता है।

पुनि भृगु पितु सन आकर बोलहीं, कृपा करी ब्रह्म भेद को खोलहीं।।१५१।।

इतना जानने के बाद फिर से पिता के पास आकर बोले कि कृपा करके मुझे ब्रह्म का भेद बताओ।

पितु कह पुत्र पुनः तप कीजे, ब्रह्म ज्ञान तप से ही लीजे।।१५२।।

पिता ने कहा हे पुत्र! और तप करो तथा तप से ही ब्रह्म ज्ञान को प्राप्त करो।

पंचम अनुवाक

भृगु जाना विज्ञान ब्रह्म रूपा, उत्पत्ति-मृत्यु विज्ञान अनुरूपा।।१५३।।

फिर भृगु ने तप में जाना कि विज्ञान ही ब्रह्म है और विज्ञान के अनुरूप ही मनुष्य की उत्पत्ति और मृत्यु होती है।

अस जानि ऋषि पितु पंह आए, कह पितु तप से ही ब्रह्म पाए।।१५४।

इतना जानकर भृगु फिर से पिता के पास आए और कहा कि मुझे ब्रह्म का उपदेश करो। तब पिता ने कहा कि तप से उस ब्रह्म को जानो।

षष्ठम अनुवाक

ऋषि तप से जाना यह भेदा, आनंद ब्रह्म ते सदा अभेदा।।१५५।।

अंत में ऋषि ने तप से जाना कि आनंद ही ब्रह्म है।

आनंद से जीवन तल्लीनता, आनंद से परमानंद स्थिरता।।१५६।।

आनंद से ही सब जीव उत्पन्न होते हैं और अंत में आनंद में ही सब जीव समा जाते हैं। आनंद से ही परमानंद में स्थिरता आती है।

अस मैं वारुणी विद्या गाई, जे जाने ते सर्व सुख पावई।।१५७।।

इस प्रकार मैंने वारुणी विद्या का गान किया। इसे जो जानता है वह सर्व सुख को प्राप्त करता है।

ब्रह्म तेज को साधक पावे, महाकीर्ति ब्रह्मरूप हो जावे।।१५८।।

इस जानकर साधक ब्रह्मतेज को प्राप्त करता है और महाकीर्ति को प्राप्त करके ब्रह्मरूप हो जाता है।

सप्तम अनुवाक

अन्न महिमा और ब्रह्मोपासक को फल प्राप्ति

अन्न निंदा कबहुं न करहीं, अस ब्रह्मज्ञ सदा व्रत मानहीं।।१५९।।

ब्रह्म को जानने वाले अन्न की हमेशा उपासना करते हैं और कभी भी अन्न की निंदा नहीं करते।

प्राण अन्न अन्नाद वपु मानो, अन्न से जीवन जगत को जानो।।१६०।।

प्राण अन्न है और शरीर अन्नाद है। अन्न के कारण ही जीव और जगत का अस्तित्व है।

प्राण में स्थिर ते तामे प्राणा, अस दोउ एक दूजे में माना।।१६१।।

प्राण में अन्न स्थिर है और अन्न में प्राण स्थिर है। इस प्रकार वे दोनों परस्पर समाए हुए हैं।

अन्न में अन्न को स्थिर जो जाने, ते सब सुख कीर्ति ब्रह्म पामे।।१६२।।

इस अन्न को अन्न में जो स्थिर जानता है वह सब प्रकार के सुख कीर्ति और ब्रह्म को प्राप्त करता है।

अष्टम अनुवाक

अन्न त्याग कबहु नहीं करहूं, अस व्रत संग जल को अन्न मानहूं।।१६३।।

कभी भी अन्न का त्याग नहीं करने का व्रत लो और जल को भी अन्न मानो।

जल में ज्योति ज्योति में जल है, अस अन्न अन्न में प्रतिष्ठित है।।१६४।।

जल में ज्योति प्रतिष्ठित है और ज्योति में जल स्थित है। इस प्रकार से अन्न ही अन्न में प्रतिष्ठित हैं।

जे साधक इस सत्य को माने, सब सुख समृद्धि ब्रह्म को जाने।।१६५।।

जो साधक इस सत्य की उपासना करता है; वह सुख, समृद्धि और ब्रह्म को प्राप्त कर लेता है।

नवम अनुवाक

अन्न वृद्धि करो व्रत्त यह उत्तम, अन्न ही ब्रह्म जानो सर्वोत्तम।।१६६।।

अन्न की वृद्धि करो। यह उत्तम व्रत है। अन्न को ही ब्रह्म और सर्वोत्तम समझो।

पृथ्वी अन्न आकाश अन्नादा, अस जानी बनो सदा अन्नदा।।१६७।।

पृथ्वी अन्न है और आकाश अन्नाद है। ऐसा समझकर

सदा अन्न देने वाले बनो।

पृथ्वी में नभ नभ भू स्थिता, अस दोउ अन्न में ही प्रतीष्ठीता।।१६८।।

पृथ्वी में आकाश स्थित है और आकाश में पृथ्वी। इस प्रकार दोनों अन्न में ही प्रतिष्ठित हैं।

अन्नवान अन्नाद ते होई, सर्व सुख ब्रह्मतेज ले सोई।।१६९।।

जो इस सत्य को समझता और जानता है वह अन्नवान और अन्नाद होता है तथा सर्व सुख और ब्रह्मतेज के कारण महान होता है।

दशम अनुवाक

आतिथ्य सत्कार फल तथा ब्रह्मोपासना वर्णन

अतिथि का परित्याग न करहीं, सर्वथा अन्न प्राप्ति बहु लहहीं।।१७०।।

अतिथि का कभी परित्याग न करने का व्रत करें। सर्वथा अनेक प्रकार से अन्न प्राप्त करें।

अन्नोपासक अतिथि से कहहीं, मैं निज हाथ अन्न बनावहीं।।१७१।।

अन्न का उपासक अतिथि से कहता है कि मैंने मेरे हाथ से अन्न बनाया है। (इस प्रकार अतिथि को देव मानकर भाव से सेवा की जाती है।)

उत्तम रीति से जे अन्न देही, ते तेहि गति से अन्न को पावहीं।।१७२।।

उत्तम भाव से जो पुरुष अन्न दान करता है, उसे उसी रीति से अन्न प्राप्त होता है।

मध्म गति से जे अन्न देही, ते तेहि गति से अन्न को लेही।।१७३।।

मध्यम भाव से जो अन्न देता है उसे उस तरह के अन्न की प्राप्ति होती है।

निकृष्ट वृत्ति से अन्न को देई, ते तेहि गति से पुनः ते पाई।।१७४।।

हीन वृत्ति से जो अन्नदान करता है उसे उस प्रकार के अन्न की प्राप्ति होती है।

पुनि ब्रह्मरूप उपासना गाई, जे समझे कल्याण हो जाई।।१७५।।

फिर आगे ब्रह्म रूप की उपासना का वर्णन है। जो इसे समझता है उसका कल्याण होता है।

छंद- **ब्रह्म वाणी में बसे क्षेम रूप से प्राणापान क्षेमयोग है।**

कर में ते कर्म रूप चरण में गति त्याग रूप पायु में है।

ये उपासना मानुष संबंधी, देव रूप में अब सुनो।

ते तृप्ति रूप से वृष्टि में बल रूप से विद्युत गुनो।।४।।

अब आगे ब्रह्मरूप की उपासना का वर्णन किया जाता है। ब्रह्म वाणी मे क्षेम (प्राप्त वस्तु के परिरक्षण) रूप से है। योगक्षेम रूप से प्राण और अपान में, कर्मरूप से हाथों में, गतिरूप से चरणों मे और त्याग रूप से पायु में, यह

मानव संबंधी उपासना है। अब देवताओं से संबंधित उपसना सुनो– तृप्ति रूप से वृष्टि में, बल रूप से विद्युत में।

यश रूप पशु में ज्योति रूप नक्षत्र पुत्रादि प्रजा।
आनंद रूप उपस्थ में सर्व रूप नभ में उपजा।
ते ब्रह्म सर्वाधार मानो भाव से जे तेहि भजे।
ते प्रतिष्ठा को प्राप्त करी महा तेज रूप से जे यजे।।५।।

यश रूप से पुशुओं में, ज्योतिरूप से नक्षत्रों में, पुत्रादि रूप से प्रजा में, आनंद रूप से उपस्थ में तथा सर्वरूप से आकाश में है। वह ब्रह्म सर्वाधार है, इस भाव से उसको भजो। जो इस भाव से उसकी उपासना करता है ऐसा उपासक प्रतिष्ठावान होता है। वह महातेज है–इस भाव से उसकी उपसना करता है वह प्रतिष्ठा को प्राप्त करता है।

होवे महान अरु मन है ब्रह्म यह मानी साधना जे करे।
मनन में समर्थ नमः से पूर्ण कामना जे नित करे।।।६।।

मन ही ब्रह्म है ऐसा मानकर जो साधना करता है; वह महान होता है मनन में समर्थ होता है। वह नमः ऐसा मानकर जो उसकी उपासना करता है–वह पूर्ण काम बन जाता है।

दो.– **ब्रह्म मानी जे उपासहीं ते साधक ब्रह्मनिष्ठ होय।**
शत्रु द्वेष से मुक्त भये ब्रह्म रूप सब कोय।।४।

उसे ब्रह्म मानकर जो उसकी उपासना करता है वह

साधक ब्रह्मनिष्ठ हो जाता है। ऐसा साधक शत्रु के द्वेष से मुक्त हो जाता है और प्रत्येक स्थान में वह ब्रह्म का दर्शन करता है।

पंच कोष संक्रमी पूर्ण काम जे जन।
जे जाने ब्रह्मरूप जग, साम गान करे मन।।५।।

इस जगत को जो ब्रह्मरूप जानता है वह पंचकोषों का संक्रमण कर पूर्णकाम हो जाता है और वह सामगान करता रहता है।

ब्रह्मवेत्ता द्वारा गाया जाने वाला साम

छंद- **मैं अन्न हूं मैं अन्न हूँ मैं अन्न हूं अन्नाद मैं।**
अन्नाद मैं अन्नाद मैं अन्नाद मैं श्लोककृत मैं।
मैं श्लोककृत मैं श्लोककृत मैं सत्यासत्य रूप मैं।
मैं विराट आदि देवपूर्ण परमअमृत केन्द्र मैं।।७।।

मैं अन्न हूँ, मैं अन्न हूँ, मैं अन्न हूँ, मैं अन्नाद हूँ, मैं अन्नाद हूँ। मैं श्लोककृत हूँ, मैं श्लोककृत हूँ, मैं श्लोककृत हूँ। मैं सत्य और असत्य रूप हूँ। मैं विराट, आदि, सर्वदेव से पूर्ण और परम अमृत का केन्द्र मैं ही हूँ।

दो.- **अन्नार्थी को जो अन्न दे वह मेरा रक्षक।**
जो केवल भोक्ता बने मैं तेही भक्षक।।८।।

जो अन्नार्थी को अन्न देता है वह मेरा रक्षक है और जो केवल अन्न का भोग करने वाला ही है मैं उसका भक्षक हूँ।

चौ.- **मैं सर्वभुवन पराभव कर्ता, ज्योतिरूप प्रकाश का भर्ता।।१७५।।**

मैं इस संपूर्ण भुवन का पराभव करता हूँ। हमारी ज्योति सूर्य के समान नित्य प्रकाश स्वरूप है।

स्वयं प्रकाशरूप उपनिषद्, जे जाने ते सुख ले विशद्।।१७६।

ऐसी यह उपनिषद् स्वयं प्रकाशरूप है। जो इसे जान लेता है वह अपार सुख को प्राप्त करता है।

दो.- **तैत्तिरिय उपनिषद्, हरेश्वरी मति अनुसार।**
सुनहीं गावहीं पढहीं जे, हो संसार के पार।।७।।

माँ हरेश्वरी कह रही है कि मैंने तैत्तिरिय उपनिषद् मेरी मति अनुसार कहा। इसे जो सुनेंगे, गाएंगे या पढेंगे वे संसार से पार हो जाएंगे।

शांति मंत्र

ॐ शं नो मित्रः शं वरुणः। शं नो भवत्वर्यमा। शं न इन्द्रो ब्रिहस्पतिः। शं नो विष्णुरुरुक्रमः। नमो ब्रह्मणे। मनस्ते वायो। त्वमेव प्रत्यक्षं ब्रह्मासि। त्वामेव प्रत्यक्षम् ब्रह्म वदिष्यामि। ऋतं वादिष्यामि। सत्यं वदिष्यामि। तन्मामवतु। तद्वक्तारमवतु। अवतु माम्। अवतु वक्तारम्।

ॐ शान्तिः शान्तिः शान्तिः।।

ऐतरेयोपनिषद्

ऋगवेदीय ऐतरेयारण्यकांतर्गत द्वितीय आरण्यक के अध्याय चार, पांच और छः का नाम ऐतरेयोपनिषद् है। इतर नाम के ऋषि के वंशज ऋषियों के द्वारा इसका आविर्भाव हुआ। इसलिए इसका नाम ऐतरेयोपनिषद् पड़ा।

शांति मंत्र

ॐ वाङ् मे मनसि प्रतिष्ठिता मनो मे वाचि प्रतिष्ठित-मावीरावीर्म एधि। वेदस्य म आणिस्थः श्रुतं मे मा प्रहासीरनेनाधीतेनाहोरात्रान् संदधाम्यृतम् वदिष्यामि। सत्यं वदिष्यामि। तन्मामवतु तद्वक्तारमवत्ववतु मामवतु वक्तारमवतु वक्तारम्।

ॐ शान्तिः शान्तिः शान्तिः।।

मेरी वागिन्द्रिय मन में स्थित हो और मन वाणी में स्थित हो (अर्थात् मेरी वागिन्द्रिय और मन एक-दूसरे के अनुकूल रहें।) हे स्वप्रकाश परमात्मा! तुम मेरे समक्ष आविर्भूत होओ। (हे वाक् और मन!) तुम मेरे प्रति वेद को लाओ। मेरा श्रवण किया हुआ ज्ञान मेरा परित्याग न करे। अपने इस अध्ययन के द्वारा मैं रात और दिन को एक कर दूं (अर्थात मेरा अध्ययन अहर्निश चलता रहे)। मैं ऋत (वाचिक सत्य) का भाषण करूं और सत्य (मन में निश्चय किया हुआ सत्य) बोलूं। वह ब्रह्म मेरी रक्षा करे; वह वक्ता की रक्षा करे। वह मेरी रक्षा करे और वक्ता की रक्षा करे - वक्ता की रक्षा करे। त्रिविध ताप की शांति हो। शांति हो। शांति हो।

शांति मंत्र

छंद

मम वाणी स्थित हो मन में मन वाणी में स्थिर रहे सदा।
हे प्रकाश रूप परमात्म आविर्भूत हो प्रत्यक्ष सदा।
नहीं विफल हो मम श्रवण मैं दिन रैन अध्ययन को करूं।
सत्य ब्रह्म रक्षा करे रक्षा करे सत्य भाषण करूँ।

प्रथम अध्याय

प्रथम खंड

आत्मा द्वारा सृष्टि की रचना

चौ.- **आदि अनादि केवल आत्मा था, तेहि सक्रिय तेहि परमात्मा था।।१।।**

आदि काल में केवल आत्मा ही था, वही सक्रिय और परमात्मा रूप था।

तेहि सोचा करुं लोक की रचना, अम्भ मरीची मर आप् विरचना।।२।।

उसने सोचा कि मैं लोकों की रचना करूं और उसने अम्भ, मरीची, मर और आप् की रचना की।

स्वर्ग अम्भ अंतरिक्ष मरीची, पृथ्वी मर तेहि तल आप् रीति।।३।।

स्वर्ग अंभ है, अंतरिक्ष मरीची है, पृथ्वी मर है और

पृथ्वी के नीचे जो तल है वह आप् (जल) है।

लोकपाल आवश्यक सोचा, जल में से पुरुष एक उपजा।।४।।

फिर उन लोकों के लिए लोकपाल की आवश्यकता लगी। तब आत्मा के संकल्प से जल में से एक पुरुष उपजा।

छंद- **तेहि मुख से वाक् वागेन्द्रिय से हुआ अग्नि उत्पन्न मानहुं।**
पुनि नासिका के रंध्र से प्राणादि उत्पत्ति जानहूं।
पुनि नेत्र से रवि कर्ण श्रोत्र से दिशा सर्व प्रगटहूं।
त्वक् लोम लोम से औषधि पुनि हृदय मन से शशि कहूं।।१।।

उस विराट पुरुष के उद्देश्य से ईश्वरने संकल्प किया। उस संकल्प किए पिण्ड से अण्डे के समान मुख उत्पन्न हुआ। मुख से वाक् और वागिन्द्रिय से अग्नि उत्पन्न हुआ। फिर नासिकारन्ध्र प्रगट हुए, नासिकारन्ध्रों से प्राण हुआ औ प्राण से वायु। इसी प्रकार नेत्र प्रगट हुए तथा नेत्रों से चक्षु-इन्द्रिय और चक्षु से आदित्य उत्पन्न हुआ। फिर कान उत्पन्न हुए तथा कानों से श्रोत्रेन्द्रिय और श्रोत्र से दिशाएं प्रगट हुईं। उसके बाद त्वचा प्रकट हुई तथा त्वचा से लोम और लोमों से औषधि एवं वनस्पतियाँ उत्पन्न हुईं। इसी प्रकार हृदय उत्पन्न हुआ तथा हृदय से मन और मन से चन्द्रमा प्रकट हुआ।

दो.- **नाभि से अपान भया, तासे मृत्यु उत्पन्न।**
शिश्न से रेतस्, तेहि से आप् की उत्पत्ति जन।।१।।

इसी प्रकार नाभि उत्पन्न हुई तथा नाभि से अपान और अपान से मृत्यु। फिर शिश्न प्रकट हुआ तथा शिश्न से रेतस् और रेतस् से आप् उत्पन्न हुआ।

द्वितीय खंड

चौ.- **सब इन्द्रियदेव संसारा, भवसागर में पतित अपारा।।१।।**

फिर सब इन्द्रियों के देव संसार रूपी भवसागर में पतित हो गए।

अवयव युक्त पिंड को ईश्वर, क्षुधा पिपासा युक्त किए नश्वर।।२।।

सर्व अंगों से युक्त पिंड को ईश्वर ने भूख और प्यासे से युक्त कर नश्वर बना दिया।

इन्द्रियदेव कहे आश्रय दीजहूं, तासे अन्न भक्षण करी सकहूं।।३।।

फिर इन्द्रियाभिमानी देवों ने कहा कि हमारे लिए कोई आश्रय स्थान दीजिए जिससे हम अन्न का भक्षण कर सकें।

सुर हित ते इक गौ ले आवहीं, देव कहे पर्याप्त ये नाहीं।।४।।

तब देवों के आश्रयस्थान के लिए कि जहाँ स्थित होकर वे अन्न का भक्षण कर सकें, एक गाय लाए। परंतु देवों ने कहा कि यह हमारे लिए पर्याप्त नहीं है।

पुनि हय लाए देवगण हीता, देव कहे यह नहीं पर्याप्ता।।५।।

फिर देवों के लिए वह एक अश्व लाया, तब भी देवों ने यह कहा कि यह भी पर्याप्त नहीं है।

पुनि अति सुंदर पुरुष ते लाए, दिया आदेश आश्रय को पाए।।६।।

फिर ईश्वर एक सुंदर पुरुष लाए और सभी देवताओं को उसमें आश्रय लेने का आदेश दिया।

वागेन्द्रिय बन अग्नि मुख प्रवेशा, वायु प्राण बनी नासिका ईशा।।७।।

वागेन्द्रिय बनकर अग्नि ने मुख में प्रवेश किया, वायु ने प्राण बनकर नासिका में प्रवेश किया।

सूर्य चक्षु बने नेत्र प्रवेशहू, दिशा श्रवणरूप कान में बसहू।।८।।

सूर्य ने चक्षु बनकर नेत्र में प्रवेश किया, दिशाओं ने श्रवण बनकर कान में प्रवेश किया।

औषधि लोम बनी त्वक् इन्द्रिया, चंद्र बनी मन बसहूं हृदया।।९।।

औषधियों ने रोम बनकर त्वचा में प्रवेश किया, चंद्र ने मन बनकर हृदय में प्रवेश किया।

मृत्यु अपान बनी नाभी समाया, जल बनी वीर्य लिंग में छाया।।१०।।

मृत्यु ने अपान बनकर नाभि में प्रवेश किया, जल ने वीर्य होकर लिङ्ग में प्रवेश किया।

क्षुधा प्यास कहे आश्रय दीन्हे, सर्व देव सन भाग तेहि लीन्हे।।११।।

उस ईश्वर से क्षुधा तथा प्यास ने कहा कि हमें भी आश्रय दीजिए। तब सर्व देव की हवि में उन्हें समान रूप से भागीदार बना दिया।

तृतीय खंड

चौ.– **पुनि इश लोकहित अन्न उपजाया, जल से अन्न रूप मूर्ति जाया।।१२।।**

फिर ईश्वर ने सोचा कि लोक और लोकपाल तो हो गए अब उनके कल्याण के लिए अन्न उत्पन्न किया और जल से अन्न रूपी मूर्ति को उत्पन्न किया।

दो.– **वाणी प्राण चक्षु श्रोत्र से, ग्रहहीं न जाया अन्न।**
त्वक् मन लिंग विफल गया, भया अपान पुनि धन्य।।२।।

वाणी, प्राण, चक्षु, श्रोत्र, त्वक्, मन, लिंग सभी अन्न को ग्रहण करने में विफल गए और अंत में अपान अन्न ग्रहण करके धन्य बन गया।

परमात्मा का शरीर प्रवेश

चौ.– **पुनि ईश्वर उतरे पिंड माही, मूर्धा छेदी प्रवेशे ताही।।१३।।**

फिर परमात्मा ने विचार किया कि यह पिंड मेरे बिना कैसे रहेगा? ऐसा सोचकर ईश्वर स्वयं इस पिंड में उतरे। वह मूर्धा को विदीर्ण कर इसी के द्वारा प्रवेश कर गया।

ईश प्रेरित करे सब कर्मा, ते आनन्द सब गुण रूप धर्मा।।१४।।

इस प्रकार ईश्वर की प्रेरणा से सब इन्द्रियां कर्म करती हैं और वही ईश्वर परम आनन्द रूप, सर्वगुण रूप तथा परम धर्म रूप है।

अस जीव रूप प्रवेशे देहा, तदात्म्य भाव से भूत ग्रहे ऐहा।।१५।।

इस प्रकार शरीर में प्रवेश करके जीवरूप से उत्पन्न हुए उस परमेश्वर ने पंचभूतों को तदात्म्य भाव से ग्रहण किया।

मुझ समान अन्य नहीं कोऊ, देखे ब्रह्म कहे अस सोऊ।।१६।।

फिर वह जीव परम अनुग्रह के कारण बोला कि यहाँ मेरे जैसा अन्य कौन है? और मैंने मुझमें ब्रह्म को जान लिया है।

तासे इदंद्र नाम से प्रसिद्धा, परोक्ष रूप से इन्द्र कहे सिद्धा।।१७।।

इसी कारण से उसका नाम इदंद्र प्रसिद्ध हुआ। सिद्ध (ब्रह्मवेत्ता) उसे परोक्षरूप से इन्द्र कहकर पुकारते हैं।

द्वितीय अध्याय

पुरुष का पहला जन्म

चौ.- **सर्व प्रथम रेतस रूप देहा, पुरुष वीर्य कहे सब एहा।।१८।।**

सर्वप्रथम यह पुरुष देह में ही रेतस रूप से रहता है और उसे वीर्य कहते हैं।

पुनि सिंचे नारी में भाई, गर्भाकार भए ते ताहिं।।१९।।

जब नर उसे नारी के शरीर में सिंचन करता है तब वह वहाँ गर्भ के रूप में आकार लेता है। यह पुरुष का पहला जन्म है।

आत्मभाव को प्राप्त करी वीर्या, पतिआत्मा पोषण करे भार्या।।२०।।

पत्नी आत्मभाव से उस वीर्य को प्राप्त करके अपने गर्भ में अपने पति की उस आत्मा का पोषण करती है।

पुरुष का दूसरा जन्म

चौ.- **गर्भभूत पति आत्मा पालहीं, पोषहीं जन्म देही संस्कारहीं।।२१।।**

पत्नी अपने गर्भरूप पति की आत्मा का पालन करती है, पोषण करती है, जन्म देती है और उसमें संस्कार का सिंचन करती है।

अस संतति की वृद्धि होही, दूसर जन्म यह मानो तेही।।२२।

इस प्रकार से संतति की (संतान की) वृद्धि होती है उसे इसका दूसरा जन्म मानो।

पुरुष का तीसरा जन्म

पुत्र पिता रूप स्थापित होही, पिता वृद्ध बनी विदा को लेही।।२३।।

समयांतर में पुत्र पिता के स्थान में स्थापित होता है और पिता की आत्मा वृद्ध होकर विदा ले लेती है।

पुनर्जन्म आत्मा जो लेही, तेही को तीसर जन्म श्रृति कहहीं।।२४।।

कर्म के अनुसार उसका पुनर्जन्म होता है, वह इसका तीसरा जन्म है।

वामदेव की उक्ति

चौ.- **वामदेव ने भी अस कहहीं, गर्भ शयन समय ते जानहीं।।२५।।**

वामदेव ने भी ऐसा कहा कि गर्भ शयन के समय मैंने कुछ रहस्यों को जाना है।

मैं जब माँ के गर्भ में आना, तेहि पूर्व सर्व देव जन्म जाना।।२६।।

मैं जब माँ के गर्भ में आया तब गर्भ में रहते हुए देवताओं के संपूर्ण जन्मों को जान लिया है।

जहं लगि तत्व ज्ञान नहीं लाधहूं, असंख्य देह तब मोहि अवरुद्धहूं।।२७।।

जब तक मैंने तत्वज्ञान को प्राप्त नहीं किया था तब तक असंख्य शरीरों ने मुझे अवरुद्ध कर रखा था।

तत्व ज्ञान प्रभाव से पाया, श्येन पक्षी सम बाहर आया।।२८।।

परंतु तत्वज्ञान के प्रभाव से मैं श्येन (बाज) पक्षी की तरह अवरोधों को छेदकर बाहर आ गया हूँ।

वामदेव की गति

चौ.- **करि उत्क्रमण मृत्यु को पावा, पाई प्रकाश अमर हो जावा।।२९।।**

फिर वह वामदेव संसार का उत्क्रमण करके शरीर का नाश होने के बाद परम प्रकाश रूप अमर पद को प्राप्त हो गए।

तृतीय अध्याय

आत्मा संबंधी प्रश्न

चौ.- **आत्मा कौन हम जाही उपासे, इन्द्रिय भोग करे ते भासे।।३०।।**

हम जिसकी उपासना करते हैं, जो इन्द्रियों के विषयों का भोग करता है, वह आत्मा कौन है?

जिसे आत्मा कहते हैं, ऐसे मन के अनेक नाम

चौ.- **मन के अनेक नाम श्रुति देही, मन चेतन हृदय तेहि कहहीं।।३१।**

वेद आत्मा के अनेक नाम देता है। मन, चेतन, हृदय.

संज्ञान विज्ञान प्रज्ञान मेधा, आज्ञान दृष्टि धृति मति कहे बूधा।।३२।।

संज्ञान (चेतनता), आज्ञान (प्रभुता), विज्ञान, प्रज्ञान, मेधा, दृष्टि, धृति, मति...

मनीषा जूति स्मृति संकल्पा, क्रतु असु काम वशादि विकल्पा।।३३।।

मनीषा, जूति (रोगादिजनित दुःख), स्मृति, संकल्प, क्रतु, असु (प्राण), काम और वश आदि वैकल्पिक नामों से आत्मा को जाना गया है।

प्रज्ञान की सर्वरूपता

छंद - **वही ब्रह्म इन्द्र प्रजापति सब देव यही पंचभूत है।**

वही क्षुद्र जीव सह बीज अंडज जरायुज स्वेदज भी है।

उद्भिज अश्व गो मनुष्य हस्ति जंगम रु स्थावर ते है।

प्रज्ञान प्रज्ञानेत्र प्रज्ञा में लय प्रज्ञान ब्रह्म है।।२।।

वही ब्रह्म है, इन्द्र है, प्रजापति है, पंचभूत (पृथ्वी, वायु, आकाश, जल, अग्नि) है। वही क्षुद्र जीवों सहित उनके बीज और अन्य अण्डज, जरायुज, स्वेदज, उद्भिज, अश्व, गाय, मनुष्य तथा हाथी है, इसके साथ साथ जो कुछ भी स्थावर और जंगम है वह वही है। वह सब प्रज्ञानेत्र और प्रज्ञान है। प्रज्ञा ही उसका लयस्थान है अतः प्रज्ञान ही ब्रह्म है।

दो.- **ब्रह्म ज्ञानी वामदेवादि करि उत्क्रमण इह लोक।**

पूर्ण काम बनी जावहीं हरेश्वरी अमृतलोक।।३।।

माँ हरेश्वरी कहती हैं कि ब्रह्मज्ञानी वामदेव इस लोक से उत्क्रमण कर, सर्वकामनाओं को प्राप्त कर अमर हो गया।

शांति मंत्र

ॐ वाङ् मे मनसि प्रतिष्ठिता मनो मे वाचि प्रतिष्ठित-मावीरावीर्म एधि। वेदस्य म आणिस्थः श्रुतं मे मा प्रहासीरनेनाधीतेनाहोरात्रान् संदधाम्यृतम् वदिष्यामि। सत्यं वदिष्यामि। तन्मामवतु तद्वक्तारमवत्ववतु मामवतु वक्तारमवतु वक्तारम्।

ॐ शान्तिः शान्तिः शान्तिः।।

www.ingramcontent.com/pod-product-compliance
Lightning Source LLC
LaVergne TN
LVHW050900051026
849532LV00006BA/2317
* 9 7 8 9 3 6 4 3 1 8 5 9 4 *